U0644607

明解增和千家诗

明解增和千家詩

宋名賢 謝疊山

（宋）谢枋得 编著
曹毛响 校注

人民东方出版传媒
People's Oriental Publishing & Media
東方出版社
The Oriental Press

图书在版编目（CIP）数据

明解增和千家诗 /（宋）谢枋得编著；曹毛响校注 . — 北京：
东方出版社，2023.1
ISBN 978-7-5207-3010-5

Ⅰ . ①明… Ⅱ . ①谢… ②曹… Ⅲ . ①古典诗歌 - 诗集 - 中国
Ⅳ . ① I222.72

中国版本图书馆 CIP 数据核字 (2022) 第 187995 号

明解增和千家诗
（MING JIE ZENGHE QIANJIASHI）

编　　著：（宋）谢枋得
校　　注：曹毛响
责任编辑：邢　远
特约策划：慧新时间
特约编辑：龙若飞　周莺莺
出　　版：东方出版社
发　　行：人民东方出版传媒有限公司
地　　址：北京市东城区朝阳门内大街 166 号
邮　　编：100010
印　　刷：北京文昌阁彩色印刷有限责任公司
版　　次：2023 年 1 月第 1 版
印　　次：2024 年 3 月第 2 次印刷
开　　本：710 毫米 ×1000 毫米　1/16
印　　张：20
字　　数：260 千字
书　　号：ISBN 978-7-5207-3010-5
定　　价：98.00 元
发行电话：（010）85924663　85924644　85924641

凡例

一、《千家诗》是我国古代著名的诗歌启蒙读物，诗歌大多是唐宋时期的名家名篇，易学好懂，题材多样，适合儿童阅读，历代流传广泛，影响深远。

二、《千家诗》一般为坊间刻本，制作水平参差不齐。本书选用的是国家图书馆、台北故宫博物院所藏明彩绘插图本《明解增和千家诗注》二卷本，由南宋谢枋得辑录。此本曾被鉴定为明代中后期宫中供皇子所读之书。但有学者认为，此书校勘并不精审，是否确为皇家读本，尚待考订。

三、本书画图以天然矿物质颜料绘制，构图秉诗意而表现，独具匠心，使读者可以借图解诗。有些画与所展示的历史时期场景及人物着装、发饰等细节存在一些出入，但因所绘人物刻画细致入微，背景衬托自然流畅，画中场景具有艺术参考价值，因此我们并未作大的修改，基本保留了原貌。

四、本书对疑难字作了补充注释，有助于读者排除阅读障碍；生僻字的注音主要依据《汉语大字典》（崇文书局、四川辞书出版社，1999年袖珍本第二版），个别字注音和繁简字使用与通行本有分歧者，以《汉语大字典》为准。

五、本书有阙漏、讹误者，尚祈方家惠予指正，并俟来日补苴罅漏。

目录

卷一

春景

夏景

卷二

春景

夏景

秋景

冬景

卷　一

春景

春日偶成　程明道
春日　朱文公
春宵　蘇子瞻
城東早春　楊巨源
春夜　王介甫
題邸間壁　鄭亦山
初春　韓文公
元日　王介甫
上元侍宴　蘇東坡
絶句　杜工部
海棠　蘇東坡
清明　杜牧之
清明　王元之
社日　張演
寒食　韓翃
絶句　僧志南
遊小園不值　葉清逸
題屏　劉季孫
立春偶成　張南軒
漫興　杜工部

冬景

夏景

秋景

春景

明道遊春

春日偶成

程明道[1]

雲淡風輕近午天
傍花隨柳過前川
時人不識予心樂
將謂偷閑學少年

1 名顥，字伯淳，河南人。謚明道先生。以經術為諸儒倡，卒從祀孔子廟庭。

北宋·程颢

春日偶成

云淡风轻近午天[2]，
傍花随柳[3]过前川。
时人不识予[4]心乐，
将[5]谓偷闲学少年。

释义

此诗先生春日偶然而成也。盖见是时云色淡薄，风气轻清，而近日午之际，其时春日融和可爱，游玩花边柳外以过前川。是则即其所居之位，乐其日用之常，恐时人谓我偷闲，学少年而日荡[6]也。

增和

迟日融和霁景天[7]，无边花柳艳山川。
断怀美景浑相得[8]，岂学荒游度少年[9]。

注解

❶ 程明道（1032—1085）：程颢，号明道，北宋大儒。与其弟程颐是理学（两宋时期产生的哲学流派，以儒家学说为中心，兼容佛道两家的哲学理论）的奠基者，世称“二程”。谥：古代皇帝、官员或其他有地位的人死后，依其生平事迹所加的或褒或贬的评价文字，程颢死后一百三十五年（1220），宋宁宗赐其谥号“纯公”。明道先生：世人根据程颢号明道，而称其为“明道先生”。经术：即经学，阐释儒家经典的学问。从祀：即配享，又称祔祀，此处指孔子弟子或历代名儒祔祀于孔庙。

❷ 午天：正午时分。

❸ 傍花随柳：穿行于花柳之间。傍花，靠近花丛。

❹ 予：我。一作“余”。

❺ 将：于是，就。

❻ 荡：放纵，不受约束。

❼ 迟日：春日。霁（jì）：雨后或雪后放晴。

❽ 浑：全，整个。

❾ 岂：岂可，怎么能。荒游：沉迷于游乐，不节制。

文公題春景

春日

朱文公[1]

名熹。字元晦。仕宋。官至侍制。贈太師。徽國公。卒從祀孔子廟庭

勝日尋芳泗水濱
無邊光景一時新
等閑識得東風面
萬紫千紅總是春

南宋 · 朱熹

春日

胜日寻芳泗水滨[2]，
无边光景一时新。
等闲识得东风面[3]，
万紫千红总是春[4]。

释义

寻芳，游春踏翠[5]之意。泗水，水名，在鲁国济阴。滨，水之涯也。无边，犹无限，言景致之多也。东风面，东风吹面而来也，则见百花尽开，红紫之色，艳丽可观。此诗公亦春游而作，布尽春景之佳也。

增和

寻真徐步[6]到江滨，万里乾坤[7]物自新。
草色花馨笼丽日[8]，游蜂浪蝶竞寻春。

注解

❶ 朱文公：朱熹（1130—1200），南宋著名理学家、教育家，理学的集大成者，在中国思想史上影响深远。他校订的《四书》（《大学》《中庸》《论语》《孟子》）成为后世科举的必读书目。仕宋：在南宋做官。侍制：应为“待制”，官名，宋代在殿、阁设待制之官，主管礼乐典章，朱熹曾任焕章阁待制。赠：古代皇帝为已死的官员追封。太师：官名，三公（太师、太傅、太保）之最尊者，多为官员的加衔，无实际职权。

❷ 胜日：美好的日子。寻芳：春游赏花。泗（sì）水：水名，源于山东，流入淮河，为淮河下游最大支流。

❸ 等闲：寻常、随处，这里指随处可见。东风面：借指春天；东风，春风。

❹ 万紫千红：形容缤纷多彩。

❺ 踏翠：踏青。

❻ 徐步：缓慢地步行。

❼ 乾坤：指天地。

❽ 花馨（xīn）：花香。笼：遮盖，罩住。

春宵

蘇子瞻[1]

名軾，號東坡，仕宋，官至翰林學士，以才學見重當時，夜召見便殿，太后以金蓮燭送歸院

春宵一刻值千金
花有清香月有陰
歌管樓臺聲細細
鞦韆院落夜沉沉

北宋·苏轼

春宵[2]

春宵一刻值千金[3]，
花有清香月有阴。
歌管楼台声细细[4]，
秋千院落夜沉沉[5]。

释义

歌，歌诗词也。管，箫管也。秋千，以彩绳系板于架，女子坐板，用脚送身于高虚之上为戏[6]。春宵，景美，一刻值千金之价。细细，言其声之轻清也。沉沉，言其漏之迟催也。此诗甚言春宵之佳景。

增和

月升冰鉴[7]竹筛金，花影参横[8]覆绿阴。
翠馆红楼[9]歌舞罢，铜壶滴漏[10]正深沉。

注解

❶ 苏子瞻：苏轼（1037—1101），字子瞻，号东坡居士，眉州人，北宋文学家、书画家，宋词豪放派的开山人物，与父苏洵、弟苏辙同为文章大家，世称“三苏”。便殿：别殿，不同于正殿，常为皇帝闲宴和休憩的地方。金莲烛：宫廷用的蜡烛，烛台作莲花瓣状，故名。院：指翰林院。

❷ 诗题也作“春夜”。

❸ 春宵：春夜。刻：时间单位，古代以漏壶计时，一昼夜共一百刻，今以一小时为四刻；一刻，比喻时间短暂，极其宝贵。

❹ 歌管：歌声和箫管，这里指代歌舞和音乐。细细：指歌乐声舒缓而轻柔。

❺ 夜沉沉：夜深。

❻ 高虚：高处。戏：游戏、嬉戏。

❼ 冰鉴：镜子，这里指皓月当空，如镜子一般明亮。

❽ 参（shēn）横：参宿打横，指夜已深。参，即参宿，二十八星宿之一。

❾ 翠馆红楼：本指佳人住处，此处指歌妓所居的青楼。

❿ 铜壶滴漏：古代的一种计时器，用铜壶盛水滴漏来计时刻。

城東早春

楊巨源[1] 字景山，蒲中人。

詩家清景在新春，
綠柳纔黃半未勻。
若待上林花似錦，
出門俱是看花人。

唐 · 杨巨源

城东早春

诗家清景在新春[2]，
绿柳才黄半未匀[3]。
若待上林花似锦[4]，
出门俱是看花人。

释义

此诗喻宰相[5]之职，在于侧陋[6]之中，如初春柳色才黄，半未匀绿。若待其人功业显著，则人皆知之矣，如上林之花，俱开如锦绣，则人谁不爱慕而称羡之？

增和

弱柳摇金试放春，绿黄二色未全匀。
待看罗绮[7]春融日，尽是寻芳拾翠[8]人。

注解

❶ 杨巨源（755—？）：字景山，河中（今山西省永济市）人，唐代诗人。蒲中：应为“河中”。

❷ 诗家：诗人。清景：清丽的景色。

❸ 绿柳：嫩柳枝。匀：均匀。此句写柳芽才抽条，柳叶刚刚呈现浅黄色，还没有全绿。

❹ 上林：即上林苑，为汉代皇家园林，此处指唐代皇帝的御花园。锦：花纹色彩鲜艳的丝织品。

❺ 宰相：最初为君王辅政大臣的泛称，后成为辅佐皇帝、统领百官、综理全国政务的最高行政长官的统称，其具体职名、职权范围因时代而异，如秦汉时期的丞相、唐代的中书令、北宋的尚书左右仆射、明朝的内阁首辅、清代的军机大臣。

❻ 侧陋：处在僻陋之处的贤人或地位卑贱的贤者。

❼ 罗绮（qǐ）：罗和绮，指丝绸衣裳。这里借指繁华。

❽ 拾翠：指女子春游采拾花草。

荊公夜深眠吟

春夜

王介甫 [1]

名安石。臨川人。宋熙寧拜相。變新法。號半山。封荊國公

金爐香燼漏聲殘
翦翦輕風陣陣寒
春色惱人眠不得
月移花影上欄干

北宋 · 王安石

春夜[2]

金炉香烬漏声残[3]，
剪剪[4]轻风阵阵寒。
春色恼人[5]眠不得，
月移花影上栏干[6]。

释义

金炉香烬，谓香成灰烬也。此诗春夜有伤情之意。香已成灰，更漏又声残，当此夜深之时，轻风如成阵而寒之多也。则春色恼乱人心，欲眠不得，惟见月斜照于栏干之上矣。

增和

花阴寂寂[7]夜声残，明月斜侵锦帐[8]寒。
一点芳心无处着，沉吟偏倚曲栏干。

注解

❶ 王介甫（1021—1086）：名安石，字介甫，号半山，临川（今江西省抚州市）人，北宋著名政治家、文学家、改革家，“唐宋八大家”之一，有《临川集》存世。拜相：王安石在宋神宗熙宁三年（1070）任同中书门下平章事，职同宰相。变新法：为改变北宋由来以久的积贫积弱的局面，王安石发起一场政治改革运动。自宋神宗熙宁二年（1069）至元丰八年（1085）结束。

❷ 诗题也作《夜直》。夜直：值夜班，宋代制度，翰林学士每夜轮流一人在学士院值宿。王安石时任翰林学士。

❸ 金炉：金属制的香炉，为香炉之美称。漏：古代计时用的漏壶，又称更漏、漏刻。漏声残：漏壶里的水快滴完了，指天将亮。

❹ 剪剪：形容初春时乍暖还寒，寒风削面，寒气侵袭。

❺ 春色恼人：春色撩人。

❻ 栏干：竹木或金属条编成的栅栏。

❼ 寂寂：寂静无声。

❽ 锦帐：华美的织锦帷帐。

題邸閒壁

鄭亦山[1]

酴醾香夢怯春寒
翠掩重門燕子閑
敲斷玉釵紅燭冷
計程應説到常山

南宋·郑会[1]

题邸间壁[2]

酴醾[3]香梦怯春寒，

翠掩重门燕子闲。

敲断玉钗[4]红烛冷，

计程应说到常山[5]。

释义

酴醾，花名，一颖三叶[6]，香清而远。玉钗，烛花也，其形相似。常山，邑名，属浙水。此诗因旅邸为妇人有思别之意而作。酴醾飘香于梦中，则夜色青翠掩闭重门，而燕子闲宿梁间。敲下红烛之花，夜静寂寞。其计我夫子之行程，已到常山而将归也。此诗浑厚温雅可玩。

增和

东风拂面布轻寒，寂寞春闺[7]尽日闲。

宝鸭香消蓉帐冷[8]，鱼书那得到家山[9]。

注解

❶ 郑亦山（生卒年不详）：郑会，字文谦，号亦山，贵溪（今属江西）人，南宋诗人。

❷ 邸（dǐ）：旅馆。这是一首题壁诗，题于诗人所住旅馆房间的墙壁上。

❸ 酴醾（túmí）：花名，也作“荼蘼”，产于我国，明代王象晋《群芳谱》说：“色黄如酒，固加‘酉’字作‘酴醾’。”在春末夏初开花，其花盛放即表示春天结束。宋代王淇有诗云“开到荼蘼花事了”，也就是说，荼蘼过后，春天不再，所以有完结之意。

❹ 玉钗：玉制的钗，古代妇女的一种首饰，由两股簪子交叉合成。

❺ 计程：计算行程。常山：地名，在今浙江。

❻ 颖：本义为禾穗的末梢，此处指禾本科植物小穗基部的二枚苞片；一颖三叶，指荼蘼花枝基部生发三片叶，如“品”字形。

❼ 春闺：女子的闺房。

❽ 宝鸭：即香炉，因作鸭形，故称。蓉帐：即芙蓉帐，用芙蓉花染的丝织品制成的帷帐，泛指华丽的帷帐。

❾ 鱼书：书信。那：同“哪”。家山：家乡。

初春

韓文公[1]

名愈，字退之，昌黎人。以六經之文爲倡於當時。仕唐官至吏部侍郎，謚文公，封昌黎伯

天街小雨潤如酥
草色遥看近却無
最是一年春好處
絶勝烟柳滿皇都

唐 · 韩愈

初春[2]

天街小雨润如酥[3]，
草色遥看近却无。
最是一年春好处[4]，
绝胜烟柳满皇都[5]。

释义

酥，酒之初熟，味甘滑者也。此诗言初春雨之润滑如酥醪[6]，草色远看似有，近看若无。言一年美景正在新春草嫩之际，犹绝过于柳密带烟之时，遍满皇都也。

增和

霏霏[7]润物雨如酥，造物[8]无私何处无。
花叶柳芽春窈窕[9]，江山春早到皇都。

注解

❶ 韩文公：韩愈（768—824），字退之，河阳（今属河南）人，因先祖曾居昌黎（今属河北），故其自称郡望昌黎，世称“韩昌黎”，为唐代著名文学家，唐代古文运动的倡导者，“唐宋八大家”之首。六经：指经过孔子整理而传授的六部先秦古籍，即《诗经》《尚书》《礼经》《易经》《乐经》《春秋》。吏部：古代职官制的六部之一，主管官员的任免、考课、升降、调动等事务，长官为吏部尚书，吏部侍郎地位仅次于尚书。

❷ 诗题也作《初春小雨》《早春呈水部张十八员外》，张十八员外指时任水部员外郎的张籍。

❸ 天街：帝都的街道。酥：牛羊奶中提炼出的奶酪，这里比喻春雨的滋润柔和。

❹ 好处：美好的时节。

❺ 绝胜：最佳。烟柳：烟雾笼罩的柳林。

❻ 酥醪（láo）：奶酒。

❼ 霏（fēi）霏：春雨盛密的样子。

❽ 造物：造化，指大自然。

❾ 窈窕（yǎotiǎo）：扬雄《方言》称：“窈，美心为窈；窕，美状为窕。”比喻女子心灵和仪表皆美的样子。

荊公題元

元日

王介甫

爆竹聲中一歲除
春風送暖入屠蘇
千門萬戶曈曈日
總把新桃換舊符

北宋 · 王安石

元日[1]

爆竹声中一岁除[2]，
春风送暖入屠苏[3]。
千门万户曈曈[4]日，
总把新桃[5]换旧符。

释义

爆竹，昔李畋邻家为山魈所害[6]，畋除夜[7]烧竹于庭，则竹爆声，山魈惊畏。屠苏，公孙邈[8]庵名。曈曈，日初出也。桃符，黄帝时立桃板于门，书二神以御凶鬼。此诗叙元旦景物而作，言除岁已去，新春初来，春风暖气，吹入屠苏，而家家于日出之际，将新刻桃板以换旧符耳。

增和

四序[9]流行岁已除，履端[10]人饮醉屠苏。
鸿钧气转三阳泰[11]，万户更新门上符。

注解

❶ 元日：阴历正月初一，又称春节。
❷ 除：过去。
❸ 屠苏：茅庵，这里借指寻常人家。
❹ 曈（tóng）曈：太阳刚出时光亮而温暖的样子。
❺ 桃：指桃符，古时习俗，在元旦时用桃木写神荼（ShēnShū）、郁垒（lù）两位神仙的名字，挂在门旁，用来驱邪，后来桃符演化为春联。
❻ 山魈（xiāo）：传说山中的独脚鬼怪。
❼ 除夜：除夕之夜。
❽ 公孙邈：指唐代药王孙思邈，云游采药时，曾入住常州城外屠苏庵中。
❾ 四序：指春、夏、秋、冬四季。
❿ 履端：年历的推算始于正月朔日，《左传 · 文公元年》：“先王之正时也，履端于始。”此处指正月初一。
⓫ 鸿钧：指天或大自然。三阳：古人称农历十一月冬至一阳生，十二月二阳生，正月三阳开泰，合称“三阳”；此处特指正月。

侍宴通明殿

上元侍宴

蘇東坡

淡月踈星繞建章
仙風吹下御爐香
侍臣鵠立通明殿
一朶紅雲捧玉皇

北宋·苏轼

上元侍宴[1]

淡月疏星绕建章[2]，
仙风吹下御炉[3]香。
侍臣鹄立通明殿[4]，
一朵红云捧玉皇[5]。

释义

建章，汉宫名，在陕西西安府，武帝太初元年所建。鹄，小鸟，其立甚端正也。此诗东坡因上元侍宴而作，言月淡星稀，香烟缥缈，近侍文武臣僚，侍立帝前，如云捧侍玉帝上坐，盖言帝主居九重[6]之上而尊贵也。

增和

班联鹓鹭整金章[7]，侍宴衣冠惹御香。
五色云中叨宠渥[8]，紫霞杯奉进明皇[9]。

注解

❶ 上元：即元宵节，农历正月十五。侍宴：宴享时陪从或侍候在旁，这里指臣子赴皇帝的宴会。

❷ 建章：汉武帝时在长安城外所建的宫殿名称，后世泛指宫殿，这里指北宋皇宫。

❸ 御炉：皇帝用的香炉。

❹ 鹄（hú）立：像天鹅一样按照顺序站着。鹄，天鹅。通明殿：传说中玉皇大帝的宫殿，这里指皇帝临朝的大殿。

❺ 玉皇：玉皇大帝，这里指宋哲宗。

❻ 九重：指天，古人认为天有九层。

❼ 班联：指朝班的行列。金章：古代高级官员的官服；据宋代礼制，高级官员的官服上绣的是鹓鹭（yuānlù）一类的禽鸟图案。

❽ 五色云：古人认为五色云彩是祥瑞之象。叨宠渥：受皇帝的宠爱与恩惠。

❾ 紫霞杯：指盛满美酒的酒杯。明皇：唐玄宗，这里指宋哲宗。

絶句

杜工部

1 字子美。杜陵人。唐時官至工部。以詩名冠當時。后人稱爲詩聖

兩箇黄鸝鳴翠柳

一行白鷺上青天

窗含西嶺千秋雪

門泊東吳萬里船

唐 · 杜甫

绝句[1]

两个黄鹂[2]鸣翠柳，
一行白鹭[3]上青天。
窗含西岭千秋雪[4]，
门泊东吴万里船[5]。

释义

黄鹂，鸟名。鹭，水鸟名，寒露[6]后集群众而高飞。东吴，地名，自豫章[7]以东皆是也。此诗因比兴[8]而作，言莺以两而鸣于柳，鹭以成行上于青天，皆得其所也。千秋，言其清且久。万里，言其广而远矣。

增和

轻烟淡淡迷杨柳，丽日融融耀碧天。
来往几多骑马客，纵横无限钓鱼船。

注解

❶ 杜工部：杜甫（712—770），字子美，自号少陵野老，唐代诗人，与李白齐名，人称“李杜”。其诗思想深刻、境界高远，有“诗圣”“诗史”之称。工部：官署名，为唐代六部之一，掌管各项工程、工匠、屯田、水利等政令，杜甫曾任检校工部员外郎。

❷ 黄鹂（lí）：黄莺。

❸ 白鹭：鹭鸶（sī），羽毛纯白。

❹ 含：对着。西岭：西岭雪山，为岷山主峰。千秋雪：指山顶上积雪终年不化。

❺ 泊（bó）：停船靠岸。东吴：泛指今江浙一带，古称东吴。万里船：不远万里往来江南的船只。万里，指行程远。

❻ 寒露：二十四节气之一，在每年的阳历 10 月 7 日至 9 日交节，是深秋的节令，在二十四节气中最早出现“寒”字，意思是“露气寒冷，将凝结也。”

❼ 豫章：古郡名，三国吴沿袭西汉，置豫章郡，治所在南昌。

❽ 比兴：古代诗歌创作表现手法，“比”就是比喻，对人或物加以形象的比喻，使其特征更加鲜明突出；“兴”就是起兴，先借助其他事物作为发端，以引起所要歌咏的对象。

秉燭看貴妃

海棠

蘇東坡

東風嫋嫋汎崇光
香霧空濛月轉廊
只恐夜深花睡去
故燒高燭照紅粧

北宋 · 苏轼

海棠

东风袅袅泛崇光[1]，
香雾空濛月转廊[2]。
只恐[3]夜深花睡去，
故烧高烛照红妆[4]。

释义

袅袅，风动也。崇光，宫名。明皇坐沉香亭，召杨妃[5]，比时[6]被酒未醒，帝曰："此真海棠花睡未足尔。"此诗东坡托海棠而赋也，言东风吹满崇光，雾下空濛之间，月转回廊。此夜深之时，恐贵妃睡去，故烧高烛以看美貌。

增和

冰轮远汉散清光[7]，花影参差绕曲廊。
一醉沉香亭畔醒，重将鸾镜理新妆[8]。

注解

❶ 袅（niǎo）袅：微风吹拂的样子。泛：浮动。崇光：高贵华美的光泽；"释义"部分言"崇光，宫名"，应指南朝齐宫殿，萧道成为帝时所建。

❷ 香雾：饱含花香的水气。空濛：也作"空蒙"，雾气迷茫的样子。廊：回廊。

❸ 只恐：只怕。

❹ 红妆：女子的盛装，此处指海棠。

❺ 杨妃：即杨玉环，唐玄宗李隆基的宠妃。

❻ 比时：当时。

❼ 冰轮：指明月。远汉：遥远的天河。

❽ 将：拿着。鸾（luán）镜：背面装饰有鸾鸟的铜镜，借指女子所用的妆镜。

清明

杜牧之[1]

名牧。京兆人。唐太和初進士

清明時節雨紛紛
路上行人欲斷魂
借問酒家何處有
牧童遥指杏花村

唐 · 杜牧[1]

清明[2]

清明时节雨纷纷[3]，
路上行人欲断魂[4]。
借问[5]酒家何处有，
牧童遥指杏花村[6]。

释义

断魂，言行人行久，魂神散断，故必饥渴而借问酒家。遥，远也，指远处有酒店矣。

增和

天时人事两纷纷[7]，节值[8]清明倍惨魂。
人子思亲伤感处，不胜悲咽[9]向荒村。

注解

❶ 杜牧之：杜牧（803—852），字牧之，号樊川居士，京兆万年（今属陕西）人，唐代著名诗人，与李商隐并称“小李杜”。

❷ 清明：二十四节气之一，于每年的阳历4月4日至6日交节，《岁时百问》称：“万物生长此时，皆清洁而明净，故谓之清明。”也是中国传统节日之一，人们在这一天扫墓祭祖与踏青郊游。

❸ 纷纷：接连不断，这里指雨下个不停。

❹ 断魂：神情凄迷，心境悲伤，指雨天不断加上清明这一特殊节日气氛，人们的感伤极深。

❺ 借问：请问。

❻ 杏花村：杏花深处的村庄。一说是地名，在今安徽池州。

❼ 纷纷：事多而杂乱的样子。

❽ 值：遇到，逢着。

❾ 悲咽（yè）：悲声呜咽，指伤心的程度比较深。

村家沽酒

清明

王元之[1]

無花無酒過清明
興味蕭然似野僧
昨日鄰家乞新火
曉窗分與讀書燈

1 名禹偁，濟州鉅野人。年七歲，能屬文。畢文簡公令作磨詩，元之不思而答曰：但存心裏正，何愁眼下遲。得人輕借力，便是轉身時。宋太宗稱其文獨步。官至知制誥

北宋 · 王禹偁

清明

无花无酒过清明，
兴味萧然似野僧[2]。
昨日邻家乞新火[3]，
晓窗分与读书灯。

释义

新火，谓介子推焚死，时人怜之，弃火而寒食，春取榆柳之火，故曰新火。兴味，谓欢兴而乐其佳景之有意味也。野僧，言如山野游乐之僧，无家可住也。此诗形容清明之景，谓言在窗寂寞无聊之意耳。

增和

人间佳节值清明，欲话三生[4]暮遇僧。
祭扫墦[5]间回首晚，旋[6]分邻火点新灯。

注解

❶ 王元之：王禹偁（chēng）（954—1001），字元之，济州巨野（今属山东）人，北宋诗人，北宋诗文革新运动的先驱；一说此诗作者为北宋诗人魏野。属（zhǔ）文：撰写文章。毕文简公：毕士安（938—1005），本名毕士元，宋真宗时宰相，谥号“文简”。《磨诗》：因王禹偁小时候家里以磨面为生，故毕文简公以此为题考他。独步：指超群出众，独一无二。知制诰：古代官名，负责起草诏令。

❷ 兴味：兴趣，趣味。萧然：索然寡味，没有兴致。

❸ 乞：求火种。新火：唐宋时习俗，清明前一天禁火寒食，到清明节再起火赐百官，称为“新火”。

❹ 三生：佛家所说的三世转生，即前生、今生和来生。

❺ 墦（fán）：坟墓。

❻ 旋：返回，归来。

社日扶醉人

社日

張演[1]

名裕之，兄弟五人，皆知名當時，號爲五龍。

鵝湖山下稻粱肥
豚柵雞棲對掩扉
桑柘影斜春社散
家家扶得醉人歸

唐 · 张演[1]

社日[2]

鹅湖山[3]下稻粱肥，

豚栅鸡栖对掩扉[4]。

桑柘影斜春社散[5]，

家家扶得醉人归。

释义

鹅湖山，在广信府铅山县。粱，似粟而大。稻，晚禾也。豚，小猪。栅，猪likely[6]。鸡栖，鸡宿处。桑柘，二木名，叶可供蚕，实可充饥。

增和

雨润阑干[7]花草肥，海棠红艳映柴扉。

儿童半卷珠帘[8]起，放得乌衣[9]燕子归。

注解

❶ 张演：生卒年、籍贯不详，晚唐诗人。《全唐诗》存此诗一首，一说此诗为王驾所作。

❷ 社日：古代祭祀土地神的日子，一般在立春、立秋后第五个戊日，称为春社和秋社。

❸ 鹅湖山：山名，位于今江西省铅山县北，原名荷湖山。晋末有龚姓人家在此养鹅，因名鹅湖山。

❹ 豚栅（túnzhà）：猪圈。鸡栖（qī）：鸡窝。扉（fēi）：门。

❺ 桑柘（zhè）：指桑树和柘树。影斜：树影越来越斜，此处指天色已晚。

❻ 猪椆（chóu）：猪圈的围栏木。

❼ 阑干：竹木或金属条制成的围栏，也作“栏杆”。

❽ 珠帘：贯串或缀饰珍珠的帘子。

❾ 乌衣：指乌衣巷，借指燕子寄居的地方。

寒食傳燭

寒食

韓翃[1]

字弘。唐德宗時爲相

春城無處不飛花
寒食東風御柳斜
日暮漢宮傳蠟燭
輕煙散入五侯家

唐·韩翃[1]

寒食[2]

春城[3]无处不飞花，
寒食东风御柳斜[4]。
日暮汉宫传蜡烛[5]，
轻烟散入五侯[6]家。

释义

御柳，帝宫所栽之柳。汉宫，汉成帝时宫也。传蜡烛，汉时清明前三日，谓之寒食，相传蜡烛于贵卿之家。五侯，成帝时，以太后兄弟王潭、王商、王立、王根、王逢时封为五侯。

增和

寒食时逢叹落花，藏烟禁火夕阳斜。
五侯贵戚今安在[7]？传烛声名著汉家[8]。

注解

❶ 韩翃（hóng）（719—788）：字君平，南阳（今属河南）人，唐代诗人，“大历十大才子”之一；因作《寒食》诗被唐德宗赏识，特意加封知制诰，一时传为美谈。

❷ 寒食：中国传统节日之一，在清明节前一日或二日。据传春秋时介子推随晋公子重耳出亡十九年，后重耳回国为君，介子推不求官位，携母归隐。重耳求之不得，放火烧山，介子推拒不出山，最终被烧死。后人为纪念他，禁火三天，只吃冷食，故称寒食节。

❸ 春城：这里指春天的长安。

❹ 御柳：皇帝宫苑里的柳树。

❺ 汉宫：汉朝的皇宫，这里指唐宫。传蜡烛：寒食夜禁火，但皇宫可以燃烛，并特意赐火给权贵之家，以示恩宠。

❻ 五侯：汉成帝封舅王谭、王立、王根、王逢时、王商为列侯，五人同日封，故世谓之“五侯”。这里泛指权贵豪门。

❼ 安在：在哪里。

❽ 著：显扬。汉家：汉朝。

絕句

僧志南[1]

古木陰中繫短蓬
杖藜扶我過橋東
沾衣欲濕杏花雨
吹面不寒楊柳風

南宋·僧志南

绝句

古木阴中系短蓬[2]，
杖藜扶我过桥东[3]。
沾衣欲湿杏花雨[4]，
吹面不寒杨柳风[5]。

释义

蓬，竹叶所作以覆舟者也。藜，草名，初生可食，至高可为杖。杏花雨，雨打杏花而沾衣透湿也。杨柳风，谓风吹杨柳拂面而来也。此所赋一时行游途中之景物也。

增和

杨柳堤边暂系蓬，褰衣[6]行遍小桥东。
一番雨洗红尘[7]净，满路香生花下风。

注解

❶ 僧志南：生卒年、籍贯不详，志南为其法号，南宋诗僧。
❷ 系（xì）：拴住。短蓬（péng）：通行本，蓬作“篷”，指有篷小船。
❸ 杖藜（lí）：藜杖。藜，一年生大型草本，高达 3 米，茎可做拐杖。
❹ 杏花雨：清明时节所下的雨，时值杏花盛开，故称。
❺ 杨柳风：借指春风。
❻ 褰（qiān）衣：撩起衣裳。
❼ 红尘：指繁华热闹之地。

遊園訪友

遊小園不值

葉靖逸[1]

應嫌屐齒印蒼苔
十扣柴扉九不開
春色滿園關不住
一枝紅杏出墻来

南宋·叶绍翁[1]

游小园不值[2]

应嫌屐齿印苍苔[3]，
十扣柴扉九不开[4]。
春色满园关不住，
一枝红杏出墙来。

释义

此诗为游园不遇而作。屐，木履，雨下地湿而套脚也。印苍苔，谓踏苍苔之径。扣，打也。十，十次。九不开，不遇之多也。春色，花草鲜妍之色。言春色之多，关锁不住，惟见一枝红杏，出墙而来。

增和

竹杖芒鞋[5]踏绿苔，小门扃[6]却唤难开。
杏园知有春光好，辜负吟翁一度来[7]。

注解

❶ 叶靖逸：叶绍翁（1194—1269），字嗣宗，号靖逸，龙泉（今属浙江）人，南宋著名诗人。

❷ 诗题也作《游园不值》。值：遇到。

❸ 嫌：通行本作“怜”，爱惜、怜惜。屐（jī）：一种木鞋，这种鞋底前后都有很高的跟，用来防雨和泥，称屐齿。苍苔：青苔。

❹ 此句也作“小扣柴门久不开”。扣：敲。柴扉：柴门，以树枝木干做成的门。

❺ 芒鞋：用芒草编织的鞋子，泛指草鞋。

❻ 扃（jiōng）：本义指从外面关门的门闩或门环，这里指关门闭户。

❼ 吟翁：诗人。一度来：来过一次。

題屏

劉季孫[1]

呢喃燕子語梁間
底事来驚夢裡閑
説與傍人渾不解
杖藜攜酒看芝山

北宋 · 刘季孙[1]

题屏[2]

呢喃[3]燕子语梁间，
底事[4]来惊梦里闲。
说与傍人浑不解[5]，
杖藜携酒看芝山[6]。

释义

呢喃，燕声。梁间，栋梁之上。傍人，四傍之人。芝山，在饶州。季孙好清闲，因梁间之燕语，以惊醒闲梦。浑不解，言他人未晓其清逸自得之意，自是呼童携酒看芝山，游乐以周[7]其自得矣。

增和

漫[8]将心事写屏间，坐掩柴扉尽日闲。
载酒携琴何处适[9]？寻真[10]徐步到春山。

注解

❶ 刘季孙（1033—1092）：字景文，祥符（今属河南）人。宋神宗时做过地方官，为人重节操，居官清廉。

❷ 诗题也作《题饶州酒务厅屏》，是诗人在饶州监督酒务时，在官厅屏风上题写的。

❸ 呢喃（nínán）：燕子的叫声。

❹ 底事：何事，什么事。

❺ 傍：一作“旁”。浑不解：完全不知道；浑，全，整个。

❻ 杖藜：拄着藜做的拐杖。芝山：山名，又名土素山，在今江西省鄱阳县北。

❼ 周：成全，周全。

❽ 漫：随意。

❾ 适：往，去。

❿ 寻真：寻仙访道。

春日閑吟

立春偶成

張南軒[1] 名栻，字敬夫，仕宋，官至修撰

律回歲晚冰霜少，
春到人間草木知。
便覺眼前生意滿，
東風吹水綠參差。

南宋·张栻

立春偶成[2]

律回岁晚冰霜少[3]，
春到人间草木知。
便觉眼前生意满[4]，
东风吹水绿参差[5]。

释义

律，六律回春也。黄帝命伶伦[6]断竹为筒，以候气应。阳六为律，阴六为吕。阳律，黄钟十一月，大簇（tàicù）正月，姑洗三月，蕤（ruí）宾五月，夷则七月，无射九月。此独言阳律，不言阴吕者，盖以立春之前，十二月本属大吕，大吕阴也，今转阴为阳，故言律岁晚，言一岁之晚暮也。盖春既回，则天时布暖而冰霜融解而稀少也。春到无形，观草木发生，则知春至矣。春既至，则万物生生之意，遍满于眼前，常兼有东风和煦[7]，来水面而光动也。

增和

鸿钧气转寒风少，天地阳和[8]万物知。
拂面东风嘘[9]暖力，渐看草色绿参差。

注解

1. 张南轩：张栻（1133—1180），字敬夫，号南轩，绵竹（今属四川）人，南宋著名理学家、教育家，和朱熹、吕祖谦并称为“东南三贤”。宋孝宗乾道元年（1165），主管岳麓书院教事。修撰：古时官名，掌管撰写实录，记载皇帝言行等事宜，张栻曾任右文殿修撰。
2. 诗题也作《立春日禊厅偶成》。立春：二十四节气之一，一般在每年的阳历2月3日至5日交节。
3. 律回：节令回转，指大地回春。岁晚：立春因为是在年前，所以称岁晚。
4. 生意满：生机勃勃。
5. 参差（cēncī）：不整齐，这里指风吹水面、波纹相接的样子。
6. 伶伦：传说为黄帝时的乐官，乐律的创始人。
7. 和煦（xù）：温暖。
8. 阳和：春气温暖和畅。
9. 嘘：慢慢地吐气，这里指春风和暖。

芳洲春翫

漫興

杜工部

腸斷春江欲盡頭
杖藜徐步立芳洲
顛狂柳絮隨風舞
輕薄桃花逐水流

唐 · 杜甫

漫兴[1]

肠断春江欲尽头[2]，
杖藜徐步立芳洲[3]。
颠狂柳絮随风舞[4]，
轻薄[5]桃花逐水流。

释义

徐步，缓行也。言春江景美，今欲去，故断肠。自是惜春之欲尽，则执杖藜缓步，以立于芳洲之上。但见随风之柳絮，颠狂而乱舞；轻薄之桃花，逐水而漂流。此诗乃公之漫兴，因禄山之乱而作也。柳絮、桃花，喻遭乱之人。风、水，则譬[6]为乱之人也。

增和

怅然独立向江头，杨柳花飞白满洲。
心事无端[7]难尽诉，都将付与水东流。

注解

❶ 漫兴：随兴所至，即兴创作。杜甫有《绝句漫兴九首》，这是其中的第五首。

❷ 肠断：形容极度伤心。欲尽头：指春天即将结束。

❸ 芳洲：芳草丛生的水中小洲。

❹ 颠狂：本指精神失常，这里指柳絮漫天飞舞。柳絮：柳树的种子，上有白色绒毛，随风飞散，形似棉絮，故名。

❺ 轻薄：轻浮。

❻ 譬：比喻。

❼ 无端：没有来由。

慶全庵桃花

謝疊山[1]

名枋得，廣信人。宋忠節之臣

尋得桃源好避秦
桃紅又見一年春
花飛莫遣隨流水
怕有漁郎来問津

南宋·谢枋得[1]

庆全庵桃花[2]

寻得桃源好避秦[3]，
桃红又见一年春。
花飞莫遣[4]随流水，
怕有渔郎来问津[5]。

释义

桃源，在武陵县，今属常德府。渔郎，晋王道真也，因沿溪入桃源，见其人谓曰，因避秦乱寓[6]此，但见男耕女织，不知几世。道真辞归，诣太守[7]。遣入随访之，竟迷前路矣。先生言寻得昔日桃源之处，好避秦乱，则见桃红之日，又过一年春光。今如有此景，莫遣桃花随流水而去，恐惹渔郎来问津渡。此诗大元之乱，欲得避之而未决也，日后果尽忠，不负人臣之节。

增和

元元无计避强秦[8]，草色萋萋[9]正暮春。
欲向山中寻隐处，桃花不是旧时津。

注解

❶ 谢叠山：谢枋（fāng）得（1226—1289），字君直，号叠山，信州弋阳（今属江西）人。南宋灭亡后，诗人隐居在武夷山中，当时的元朝朝廷迫使他出来做官，他坚决不肯，最终绝食而死。

❷ 庆全庵：庵名，在福建建宁武夷山中。此诗为诗人隐居山中所作。

❸ 桃源：即桃花源，东晋陶渊明在《桃花源记》里塑造的一个与世隔绝的理想世界，这里借指庆全庵。避秦：躲避秦末战乱。

❹ 莫遣：不要让。

❺ 问津：询问渡口在哪儿。津，渡口。

❻ 寓：寄居。

❼ 诣（yì）：拜见。太守：古代官名，地方郡一级的最高行政长官。

❽ 元元：平民，老百姓。无计：没有办法。

❾ 萋萋：草木茂盛的样子。

禹錫遊玄都觀

戲贈看花

劉禹錫[1]

字夢得。中山人。登唐進士。官至禮部尚書

紫陌紅塵拂面来
無人不道看花回
玄都觀裏桃千樹
盡是劉郎去後栽

唐·刘禹锡

戏赠看花[2]

紫陌红尘[3]拂面来，
无人不道[4]看花回。
玄都观[5]里桃千树，
尽是刘郎[6]去后栽。

释义

陌，田边之路也。紫陌红尘，言花色艳冶[7]之多也。玄都观，神仙所居。刘郎，公自谓也。此诗公因伤时而作。紫陌红尘与玄都观，喻朝廷。桃千树，言小人之多。因公不在朝堂，被后权势奸邪，汲引结党，布列在位。

增和

十里妖红接旆来[8]，满身花露[9]带衣回。
艳桃不似仙家[10]种，岂是当年手自栽？

注解

❶ 刘禹锡（772—842）：字梦得，洛阳（今属河南）人，自称汉代中山靖王刘胜后人，唐代文学家、哲学家。

❷ 诗题也作《玄都观桃花》《元和十年自朗州召至京戏赠看花诸君子》。

❸ 紫陌：指京师郊野的道路。红尘：扬起的尘土。

❹ 道：说。

❺ 玄都观（guàn）：道观名，在长安城南；观，道教庙宇。

❻ 刘郎：诗人自称。

❼ 艳冶（yě）：娇艳。

❽ 妖红：艳丽的红色，此处指代红花。旆（pèi）：古代旗帜末端状如燕尾的垂饰，这里泛指旗子。

❾ 花露：花间朝露。

❿ 仙家：指仙人。

再遊玄都觀

劉禹錫

百畝庭中半是苔
桃花淨盡菜花開
種桃道士歸何處
前度劉郎今又来

唐 · 刘禹锡

再游玄都观

百亩庭中半是苔[1]，
桃花净尽菜花开[2]。
种桃道士归何处？
前度[3]刘郎今又来。

释义

亩，田亩也。唐顺宗时，公贬朗州司马[4]，有道士植桃满观，后公召入朝为主客[5]，见桃树俱无，惟有兔葵[6]、燕麦，有感于中，复赋此篇。此诗亦取喻当时朝廷权势接引[7]，小人将消，吾道将长之意也。百亩庭中比朝廷也，桃喻小人，菜喻君子，道士譬有权势者，种指接引而言，此诗公托意，极有涵蓄旨趣[8]。

增和

云深石洞长苍苔，前度桃花今又开。
寄语当时种桃者，故人[9]今日又重来。

注解

❶ 庭中：庭院。苔：青苔。

❷ 净尽：全部谢了。菜花：油菜花。

❸ 前度：前次。

❹ 司马：古代官名，州府一级的属官，只有虚衔，没有实际职掌。

❺ 主客：官名，刘禹锡曾任主客郎中，掌管少数民族及外国宾客接待之事。

❻ 兔葵：也作“菟葵”，植物名，多年生草本。

❼ 接引：本为佛教用语，引导，教导之意，此处指权势人物相互勾结。

❽ 托意：借事物以寄托感情。涵蓄：思想和感情不轻易流露，耐人寻味，也作“含蓄”。旨趣：要旨，意义。

❾ 故人：旧交，老朋友。

漫興

杜工部

糝徑楊花鋪白氈
點溪荷葉疊青錢
筍根稚子無人見
沙上鳧雛傍母眠

唐·杜甫

漫兴

糁径杨花铺白毡[1]，
点溪荷叶叠青钱[2]。
笋根稚子[3]无人见，
沙上凫雏[4]傍母眠。

释义

糁，缀也。径，小路。稚子，笋芽也。凫，水鸟。雏，凫子也。盖言缀径之杨花，散白若铺毡；溪面之荷叶，员[5]叠如青钱。笋在竹根之下而人不见，凫雏在沙上傍母而眠。此篇公因感兴当时景物，而漫成诗意也。

增和

柳絮漫漫舞碎毡，新荷出沼[6]吐青钱。
试观物景多生趣，看罢沙鸥[7]对对眠。

注解

❶ 糁（shēn）径：落满细碎杨花的小路。糁：饭粒，引申为散落。白毡（zhān）：用羊毛或其他动物毛加工而成的白色片状物，可用作防寒和垫衬。

❷ 点：点缀。青钱：青铜钱，此句指新生的荷叶点缀在河面，像叠放的青铜钱。

❸ 稚（zhì）子：指刚长出的幼笋或嫩笋芽。

❹ 凫雏（fúchú）：小野鸭。

❺ 员：同“圆”。

❻ 出沼（zhǎo）：荷叶刚刚露出水面；沼，水池。

❼ 沙鸥：水鸟名，常栖息于沙滩或沙洲上。

呼童掃花影

花影

蘇東坡

重重疊疊上瑶臺
幾度呼童掃不開
剛被太陽收拾去
却教明月送将来

北宋·苏轼

花影

重重叠叠上瑶台[1]，
几度[2]呼童扫不开。
刚被太阳收拾去，
却教[3]明月送将来。

注解

❶ 瑶台：指用美玉砌的楼台，泛指雕饰华丽的楼台。
❷ 几度：几次。扫不开：扫不尽。
❸ 教（jiào）：让。
❹ 弹劾（hé）：检举官员的罪状。
❺ 临朝：亲自处理国政。
❻ 庙堂：指朝廷。
❼ 形容：形体容貌。

释义

瑶台，言华美如琼瑶之玉也。此诗托意于花。太阳，譬君也。明月，比皇太后。花影，喻小人。扫不开，犹弹劾[4]难去。言花影在瑶台之上，重叠稠密，扫拂难开。日落则收拾已去，犹小人在仁宗之时，贬逐已尽。夜月一出，又随光而来；太后临朝[5]之时，又引入庙堂[6]。故云“送将来”。

增和

万朵桃花覆满台，画图满幅是谁开？
形容[7]不向雨中出，踪迹唯从月下来。

滁州西澗

韋蘇州[1]

獨憐幽草澗邊生
上有黄鸝深樹鳴
春潮帶雨晚来急
野渡無人舟自横

1 名應物，少爲三衛郎，仕唐，爲蘇州刺史，時人故稱韋蘇州

唐·韦应物

滁州西涧[2]

独怜幽草涧边生[3]，
上有黄鹂深树[4]鸣。
春潮[5]带雨晚来急，
野渡无人舟自横[6]。

释义

此诗托意以赋曲涧。幽草生于涧边，喻君子之生不遇时也。黄鹂鸣于深树，譬小人谗佞之在朝也。春水本急，又遇下雨，当晚之时，其急甚矣，喻世之大乱也。野有舟楫，无人济渡，如君子隐处山林；无人举用，如舟之横泊在渡口也。

增和

飘飘柳絮岸边生，高树关关[7]鸟自鸣。
时雨一番新水长，小舟燕坐[8]乱波横。

注解

❶ 韦苏州：韦应物（737—792），京兆长安人（今属陕西），唐代诗人，曾以三卫郎为唐玄宗近侍，后历任滁州、江州、苏州刺史，世称“韦江州”“韦苏州”。三衡郎：即三卫郎，唐禁卫军有亲卫、勋卫、翊卫，合称“三卫”，三卫郎掌管三卫事务。

❷ 西涧：俗称上马河，在滁州城西。

❸ 独怜：唯独喜爱。幽草：长在阴暗处的小草。

❹ 深树：树丛深处。

❺ 春潮：春季的潮汐，形容来势之猛。

❻ 野渡：郊外无人摆渡的渡口。横：随意漂浮。

❼ 关关：鸟类雌雄相和的叫声，泛指鸟鸣声。

❽ 燕（yàn）坐：安坐，闲坐。

春暮

曹豳[1]

門外無人問落花
綠陰冉冉遍天涯
林鶯啼到無聲處
青草池邊獨聽蛙

南宋·曹豳[1]

春暮

门外无人问落花，
绿阴冉冉遍天涯[2]。
林莺啼到无声处[3]，
青草池边独[4]听蛙。

释义

冉冉，清光也。蛙，池中之虫，虾蟆[5]之类。言春已去，花落门外而来人不问，但见树遮阴中遍满天涯之稠密。春尽则莺无声而不啼，惟见池塘之蛙，应时而鸣。此诗排布暮春之景，宛在目前，而极其明尽焉。

增和

东风吹落满林花，片片飘随流水涯。
几处园林将绿暗，繁声杂耳闹池蛙。

注解

❶ 曹豳（bīn）（1170—1250）：字西士，号东亩，瑞安（今属浙江）人，南宋爱国诗人。

❷ 绿阴：树荫。冉冉：光影浓密的样子。天涯：天边，指广阔大地。

❸ 无声处：不再鸣叫时。

❹ 独：只。这里指只听见蛙鸣声。

❺ 虾蟆（háma）：蛙科动物，体型似蟾蜍（chánchú）而较小，背有黑点，善跳跃，常生活在水边，也作“蛤蟆”。

落花

朱淑真[1]

連理枝頭花正開
妬花風雨便相催
願教青帝長爲主
莫遣紛紛點翠苔

南宋 · 朱淑真[1]

落花[2]

连理枝[3]头花正开，
妒花风雨便相催[4]。
愿教青帝长为主[5]，
莫遣纷纷点翠苔[6]。

释义

连理枝，根枝相交，白居易《长恨歌》云“在地愿成连理枝”。妒，害也。青帝，春神。纷纷，花乱落也。此诗以落花起兴[7]，连理枝头花正开，言花正得时而姿色娇媚，喻夫妇之芳年美貌也；乃被嫉妒之风而相催促，喻时光之趱[8]人易老也；但我愿青春长作我主，莫遣艳冶之色点落苍翠苔径，恐年老而色衰也。其中惨切之情亦可见矣。

增和

春融正喜百花开，曾奈韶光次第催[9]。
幸托东君[10]为主宰，免教飘落覆苍苔。

注解

❶ 朱淑真（1135—1180？）：又作朱淑贞，号幽栖居士，钱塘（今属浙江）人，宋代女诗人。

❷ 诗题也作《惜春》。

❸ 连理枝：不同根的枝条连在一起生长，象征夫妻恩爱。

❹ 催：催促，这里指雨打风吹催促花儿凋谢。

❺ 青帝：古代神话中掌管春天的神，又称苍帝、木帝。长为主：也作“常为主”，此处指长久做主之意。

❻ 点：点缀。翠苔：青苔。

❼ 起兴（xìng）：一种表现手法，先说其他事物，再引起所要说的事物，这里指以落花起兴来咏叹人事。

❽ 趱（zǎn）：催促，赶。

❾ 曾（zēng）奈：表示疑问，相当于“怎奈”。韶光：美好的春光。次第：接着，形容时间短。

❿ 东君：传说中的司春之神，春神。

遊園觀花

春晚遊小園

王菉猗[1]

一從梅粉褪殘粧
塗抹新紅上海棠
開到荼蘼花事了
絲絲天棘出莓牆

南宋·王淇[1]

春晚游小园[2]

一从梅粉褪残妆[3]，
涂抹新红[4]上海棠。
开到荼蘼花事了[5]，
丝丝天棘出莓墙[6]。

释义

梅粉，花开颜色如粉也。残妆，色衰将残。丝丝，言菜蔓之多。言梅开既残，则新鲜红艳又发于海棠之上。及夫开到荼蘼之后，各花之事已了，惟有丝丝之天棘出于莓墙之外。

增和

碧槐红杏长浓妆，醉色芳菲[7]美海棠。
开尽百花光景[8]换，阴阴[9]树影覆高墙。

注解

❶ 王菉猗（lùyī）：王淇（生卒年、籍贯不详），字菉猗，南宋诗人。
❷ 诗题也作《春暮游小园》。
❸ 一从：自从。褪残妆：梅花凋谢。
❹ 涂抹新红：指海棠花盛开。
❺ 荼蘼（túmí）：又名佛见笑，蔷薇科植物，春末夏初开花。花事了（liǎo）：春天的花都开完了。
❻ 天棘（jí）：也称天门冬，百合科攀援植物。莓墙：有苔藓生长的围墙。莓，苔藓。
❼ 芳菲：花草。
❽ 光景：风光、景象。
❾ 阴阴：枝叶重叠的样子。

鶯梭

劉後村[1]

擲柳遷喬太有情
交交時作弄機聲
洛陽三月花如錦
多少工夫織得成

[1] 名克莊。字潛夫。號後村。官至秘閣

南宋 · 刘克庄

莺梭[2]

掷柳迁乔太有情[3]，
交交时作弄机声[4]。
洛阳三月花如锦[5]，
多少工夫织得成？

释义

掷，抛也。迁乔，莺号迁乔公子。《诗》云："出于幽谷，迁于乔木。"[6]洛阳，属河南。此诗言莺之为鸟，既掷柳，又迁于高大之木，其鸣交交如弄机之声。洛阳当三月之天，百花万紫千红如锦绣，不知多少工夫织得而成。此诗发挥"莺梭"二字，意极备[7]。

增和

金衣公子[8]最多情，杨柳阴中弄巧声。
堤上绮罗[9]春富贵，始知穿柳织方成。

注解

❶ 刘后村：刘克庄（1187—1269），字潜夫，号后村居士，莆田（今属福建）人，南宋诗人。秘阁：此处指官名，刘克庄曾任秘书少监，宋太宗端拱元年（988）在崇文院中堂建秘阁，收藏三馆书籍真本及宫廷古画墨迹等，设置秘阁校理等官。

❷ 莺梭（suō）：黄莺往来穿梭于园林中，形容其矫健敏捷。

❸ 掷柳：从柳树上飞下。迁乔：迁居，这里指飞到乔木上。

❹ 交交：黄莺的鸣叫声，这里将黄莺叫声比作织布机的声音。弄机：织布。

❺ 锦：丝织物的一种，即在三色以上纬丝织成的缎纹地上织出的绚丽多彩、古雅精致的花纹织物。

❻ "出于幽谷，迁于乔木"：出自《诗经 · 小雅 · 伐木》，原诗句为"出自幽谷，迁于乔木"。

❼ 备：完全，完备。

❽ 金衣公子：黄莺的别名。

❾ 绮罗：泛指华贵的丝织品或丝绸衣服，这里指代百花盛开的春景。

暮春即事

葉平巖[1]

雙雙瓦雀行書案
點點楊花入硯池
閑坐小齋讀周易
不知春去幾多時

南宋·叶采[1]

暮春即事

双双瓦雀行书案[2]，
点点杨花入砚池[3]。
闲坐小斋读周易[4]，
不知春去几多时。

释义

瓦雀，生于檐瓦之间也。行书案，飞过观书案前。春暮，则杨花飘落，而入于砚池之中。小斋读《周易》，心专攻于《周易》，明吉凶之理，不觉时节之改变。

增和

杨花飞雪[5]侵书案，竹叶笼阴夹小池。
绿暗红稀[6]光景换，赏心乐事称斯时[7]。

注解

❶ 叶平岩：叶采（生卒年不详），字仲圭，号平岩，邵武（今属福建）人，南宋时期官员。

❷ 瓦雀：即麻雀。书案：书桌。

❸ 杨花：柳絮。砚池：砚台中聚墨的小池。

❹ 周易：即《易经》，先秦时期五经之一，被誉为群经之首、大道之源，中华文化的总纲领和源头，被儒家、道家奉为圣典。

❺ 飞雪：这里指柳絮飘落如飞雪。

❻ 绿暗红稀：形容暮春时绿荫幽暗、红花凋谢的景象。

❼ 赏心乐事：欢畅的心情和快乐的事情。斯时：此时。

登山

李涉[1]

洛陽人。唐太和中爲博士。號蒲溪子。後隱南康山中

終日昏昏醉夢間
忽聞春盡強登山
因過竹院逢僧話
又得浮生半日閑

唐·李涉[1]

登山[2]

终日昏昏[3]醉梦间，
忽闻春尽强[4]登山。
因过竹院逢僧话，
又得浮生[5]半日闲。

释义

终日，尽一日也。浮生，言人生如浮萍而无根固也。忽闻春将去，勿负良辰美景[6]，而强登山玩游。因过竹院与僧谈乐，又得浮生于世，半日之清闲也。

增和

经书暂辍[7]小窗间，杖履徐行过[8]远山。
纵步[9]偶来林下寺，幸逢僧话谩偷闲[10]。

注解

❶ 李涉（生卒年不详）：自号清溪子，洛阳（今属河南）人，唐代诗人。唐文宗大和年间（827—835），任国子博士，世称“李博士”。

❷ 诗题也作《题鹤林寺僧院》。鹤林寺：江南名寺，旧址在今江苏镇江。

❸ 昏昏：迷迷糊糊。

❹ 强：勉强。

❺ 浮生：人生。古人认为人生短促，沉浮不定，所以称“浮生”，这是一种消极的看法。

❻ 良辰美景：美好的时光与景色。

❼ 辍（chuò）：放下。

❽ 过：探访。

❾ 纵步：漫步。

❿ 谩：同“漫”，散漫。偷闲：偷懒。

蠶婦吟

謝疊山

子規啼徹四更時
起視蠶稠怕葉稀
不信樓頭楊柳月
玉人歌舞未曾歸

南宋·谢枋得

蚕妇吟[1]

子规啼彻四更时[2]，
起视蚕稠怕叶稀[3]。
不信楼头杨柳月[4]，
玉人[5]歌舞未曾归。

释义

子规，鸟名，即杜鹃也，蜀帝[6]之魂所化。杨柳月，月来杨柳之上。玉人，言貌如玉也。此赋蚕妇之辛勤。子规啼时尚四更，蚕妇起视，恐蚕多叶少，不敢安眠。楼头月尚在，彼不信，恐天明也。歌舞玉人犹未归，讥其贪乐不知反也[7]。

增和

花残景值暮春时，蚕事辛勤乐事稀。
云鬓半偏宁暇整[8]，柔桑[9]采得满筐归。

注解

❶ 吟：古代诗歌的一种名称。

❷ 子规：杜鹃的别称，又称杜宇、望帝。啼彻：不断地啼叫。四更：古时一夜分为五更，四更相当于凌晨1时至3时，这里指尚未天明。

❸ 起：起床。稠：多而密。此句指怕蚕聚在一起多而密，桑叶不够蚕会饿死。

❹ 杨柳月：月亮挂在杨柳树梢。

❺ 玉人：容貌美丽的女子，这里指歌妓舞女。

❻ 蜀帝：相传蜀帝杜宇死后，其魂化为杜鹃，后用以借指杜鹃。

❼ 讥：讽刺，挖苦。贪乐：沉溺于玩乐。反：通“返”，回家。

❽ 云鬓：形容女子鬓发盛美如云。宁：难道。暇：空闲。

❾ 柔桑：嫩桑叶。

晚春

韓文公

草木知春不久歸
百般紅紫鬬芳菲
楊花榆莢無才思
唯解漫天作雪飛

唐 · 韩愈

晚春

草木知春不久归[1]，
百般红紫斗芳菲[2]。
杨花榆荚[3]无才思，
唯解漫天作雪飞[4]。

释义

榆，木名。荚，即榆所生，其形若钱。此诗为晚春而赋，言天地间惟草木先知春意不久而归，春始至，草木即萌动也，其万紫千红之花色，继草木而相斗芳菲。独有杨花榆荚，无他才能，惟遮漫天外作雪之白而飞。其中寓褒贬贤愚之意。

增和

促驾青皇已欲归[5]，盈[6]林草色正芳菲。
无端柳絮颠狂甚[7]，乱逐东风上下飞。

注解

❶ 归：归去，指春天即将结束。
❷ 百般红紫：万紫千红。斗芳菲：争芳斗艳。
❸ 榆荚：榆树结的果实，又称榆钱。
❹ 唯解：只知道。
❺ 促驾：催车启程。青皇：青帝，指春天。
❻ 盈：满。
❼ 甚：过分。

傷嘆春歸

傷春

楊誠齋[1]

準擬今春樂事濃
依然枉却一東風
年年不帶看花眼
不是愁中即病中

南宋 · 杨万里[1]

伤春[2]

准拟今春乐事浓[3]，
依然枉却一东风[4]。
年年不带看花眼，
不是愁中即[5]病中。

注解

❶ 杨诚斋：杨万里（1127—1206），字廷秀，号诚斋，吉州吉水（今属江西）人，南宋著名诗人。
❷ 伤春：因春天结束而感伤。诗题也作《晓登万花川谷看海棠》。
❸ 准拟：预计，本以为。乐事浓：高兴的事多。
❹ 枉却：辜负。东风：春风。
❺ 即：就是。
❻ 揆度（kuíduó）：揣度，思量。
❼ 总：总归。
❽ 咸因：都是因为。
❾ 翘（qiáo）首：抬起头来眺望远处。

释义

准拟，忖度。浓，浑厚之意。言春未至之时，揆度[6]于心意，谓今春所乐不浅。及春至，依然辜负一段东风之佳景，其年年不带看花赏玩之眼者，其故只因不在愁中，即在病中也。其伤春之意可见矣。

增和

三月春融似酒浓，描青点翠总[7]东风。
咸因[8]多事辜佳景，翘首[9]江山感慨中。

送春

王逢原[1]

三月残花落更開
小簷日日燕飛来
子規夜半猶啼血
不信東風喚不回

北宋 · 王令

送春

三月残花落更[2]开，
小檐[3]日日燕飞来。
子规夜半犹啼血[4]，
不信东风唤不回[5]。

注解

❶ 王逢原：王令（1032—1059），字逢原，广陵（今属江苏）人，北宋诗人。

❷ 更：再，又。

❸ 檐：屋檐。

❹ 啼血：传说杜鹃总要啼到口中出血才停止，以此指杜鹃啼得悲苦。

❺ 不信：不相信。

❻ 残红：凋谢的花，落花。 谩：莫，不要。

❼ 樽（zūn）酒：代指酒食。

释义

三月，春将去之时，则花皆残而犹开，小檐之上，燕子应时而飞来。子规之鸟不觉春归，夜静尚啼血，自是东风一去，虽苦唤亦不回。其惜春之意亦深矣。

增和

亭上残红谩扫开[6]，送春樽酒[7]特携来。
挽回无计空惆怅，吟对斜阳悄悄回。

夏景

居洛初夏

司馬溫公

[1] 名光字君實宋元祐中拜相贈太師封溫國公謚文正

四月清和雨乍晴
南山當户轉分明
更無柳絮因風起
惟有葵花向日傾

北宋 · 司马光

居洛初夏[2]

四月清和雨乍晴[3]，
南山当户转分明[4]。
更无柳絮因风起，
惟有葵花向日倾[5]。

释义

此诗托意于初夏，言四月天气清和，适遇雨下即晴。转分明，山色转映分明。盖以雨比时乱，晴比世治。雨乍晴，稍乱而即转为太平。言当清和之时，无柳絮之舞风，唯有葵花之向日而开。柳絮风舞，如小人之在位致乱；葵花向日，喻君子之忠贞在朝。此公之托景起兴，乐其当时平康[6]之景象也。

增和

枝上梅黄半雨晴，清和天气属朱明[7]。
榴花日映红枝艳，荷叶翻风翠盖倾。

注解

❶ 司马温公：司马光（1019—1086），字君实，号迂叟，陕州夏县（今属山西）人，北宋杰出的政治家、史学家、文学家。退居洛阳期间，主持编纂了《资治通鉴》。元祐元年（1086年）去世，追赠太师、温国公，谥号文正。

❷ 诗题也作《客中初夏》。客中，旅居他乡，当时司马光客居洛阳。

❸ 清和：天气清明而和暖。乍：初，刚刚。

❹ 南山：指洛阳城外北邙山的南峰。当户：对着门户。转分明：雨后天气转晴，南山清晰可见。

❺ 倾：倾斜。

❻ 平康：太平安定。

❼ 朱明：指夏季，《尸子》称：“春为青阳，夏为朱明，秋为白藏，冬为玄英。”

有約

趙師秀[1]

黃梅時節家家雨
青草池塘處處蛙
有約不來過夜半
閑敲棋子落燈花

南宋 · 赵师秀[1]

有约[2]

黄梅时节家家雨[3]，
青草池塘处处蛙。
有约不来过夜半，
闲敲棋子落灯花[4]。

释义

立夏后庚日为入梅，故曰黄梅雨。家家雨，言雨之时至也。处处蛙，初夏之时，蛙所生之多也。有约过期至夜半，至于寂寞无聊，敲棋子以排遣之而落灯花。

增和

敲窗滴滴愁闻雨，聒耳嘈嘈厌听蛙[5]。
知己故人空有约，银缸[6]辜负夜开花。

注解

❶ 赵师秀（1170—1219）：字紫芝，又字灵秀，永嘉（今属浙江）人，南宋诗人。

❷ 有约：邀请友人。诗题也作《约客》。

❸ 黄梅时节：春末夏初梅子黄熟的时节。家家雨：形容雨水多，到处都在下雨。

❹ 灯花：灯芯燃烧时结成的花状物。

❺ 聒（guō）耳：杂乱刺耳。嘈嘈：声音喧杂的样子。

❻ 银缸（gāng）：银白色的灯盏、烛台。

初夏睡起

楊誠齋

梅子留酸濺齒牙

芭蕉分綠上窗紗

日長睡起無情思

閑看兒童捉柳花

北宋·杨万里

初夏睡起[1]

梅子留酸溅齿牙[2]，
芭蕉分绿上窗纱[3]。
日长睡起无情思[4]，
闲看儿童捉柳花[5]。

释义

此初夏睡起，因所见之景物而作也。溅犹射也。梅子之酸，溅乎齿牙；芭蕉之绿，映于窗纱。夏日之初长睡起，精神疲倦，无情思，但见儿童之捉柳花为戏。

增和

纷纷燕雀噪檐牙[6]，一道南薰[7]透碧纱。
静坐小窗无属事[8]，深看阑蝶[9]乱穿花。

注解

❶ 诗题也作《闲居初夏午睡起》。

❷ 梅子：一种味极酸的水果。留酸：带酸。留，一作“流”。溅：一作“软”。

❸ 分绿：指芭蕉叶子很绿，将窗纱也映绿了。此句指芭蕉的绿荫映照在窗纱上。

❹ 情思：情绪，思绪。

❺ 柳花：柳絮。

❻ 檐牙：屋檐边翘出如牙的部分。

❼ 南薰：指从南面吹来的风。

❽ 属（zhǔ）事：接连不断的事务。

❾ 阑蝶：色彩斑斓的蝴蝶；阑，通“斓”。

三衢道中

曾茶山[1]

梅子黄時日日晴
小溪泛盡却山行
緑陰不減来時路
添得黄鸝四五聲

南宋 · 曾几[1]

三衢[2]道中

梅子黄时日日晴[3]，
小溪泛尽却山行[4]。
绿阴不减来时路，
添得黄鹂四五声。

释义

泛，行舟也。此行三衢道中而作，言梅子当黄之时，天时日日晴霁，尝以小舟泛溪之游已尽，却又山行而赏景。其绿树之遮阴，不减其始来之时，路中惟添得黄鹂之鸣四五声，盖有深意寓焉。

增和

尘清山路雨初晴，书剑[5]驱驰玩景行。
回首故园[6]何处是，愁烦忍听鹧鸪[7]声。

注解

❶ 曾茶山：曾几（1084—1166），字吉甫，号茶山居士，赣州（今属江西）人，南宋诗人。

❷ 三衢（qú）：指三衢山，在今浙江衢州境内。

❸ 梅子黄时日日晴：梅雨时节本应该多雨，却天天放晴。

❹ 小溪泛尽却山行：船到了小溪的尽头，再改走山路。说明游玩兴致颇高。

❺ 书剑：学书和学剑，指文武双修。

❻ 故园：故乡。

❼ 鹧鸪（zhègū）：鸟名，体形似雷鸟而稍小，头顶紫红色，嘴尖，脚短。鹧鸪叫声凄切，如说“行不得也哥哥”。

淑真題初夏

即景

朱淑真

竹搖清影罩幽窗
兩兩時禽噪夕陽
謝却海棠飛盡絮
困人天氣日初長

南宋·朱淑真

即景[1]

竹摇清影罩幽窗[2]，
两两时禽噪夕阳[3]。
谢却海棠飞尽絮[4]，
困人天气日初长。

释义

罩，犹笼也。夕阳，将晚之日。海棠之花谢尽，乃暮春之候，天气使人困倦，而日渐舒长。观此诗，其愁叹之情，见诸言外矣[5]。

注解

❶ 即景：眼前的景物，此处指以眼前景物为题作诗。诗题也作《清昼》。

❷ 清影：清幽的影子。罩幽窗：笼罩着幽静的窗户。

❸ 时禽：应季出现的鸟儿。噪：聒噪。

❹ 谢却：凋谢。絮：柳絮。

❺ 诸："之于"的合音。言外：言语本身以外的意思。

夏

戴石屏[1]

乳鴨池塘水淺深
熟梅天氣半晴陰
東園載酒西園醉
摘盡枇杷一樹金

1 名復古，字式之，號石屏，有詩行于世

南宋·戴复古[1]

夏[2]

乳鸭[3]池塘水浅深，
熟梅天气半晴阴[4]。
东园载酒西园醉[5]，
摘尽枇杷一树金[6]。

释义

乳鸭，小鸭也。言鸭戏于池塘，水有深浅之处。梅熟时节，天气半晴半阴，载酒东园赏玩入西园而饮至醉。荐酒用枇杷则摘尽，一树之枇杷，其色如金色也。

增和

景入朱明尚未深，绿槐夹道[7]锁清阴。
茅檐分付[8]儿童扫，恐有高轩过我来[9]。

注解

❶ 戴石屏：戴复古（1167—约1252），字式之，号石屏，天台黄岩（今属浙江）人，南宋著名诗人。

❷ 诗题也作《初夏游张园》。

❸ 乳鸭：小鸭子。

❹ 熟梅天气：梅子成熟时的天气。半清阴：一会儿晴一会儿阴。

❺ 东园载酒西园醉：携酒游园，饮酒尽兴。这里诗人用了互文手法。

❻ 枇杷（pípa）：一种常绿小乔木，果实为橘黄色，味甜美。一树金：形容枇杷树结得多，像金子一样。

❼ 夹道：排列在道路两旁。

❽ 分付：同“吩咐”。

❾ 高轩：高车，达官贵人所乘，这里借指达官贵人。过：来访，探望。

烏衣巷

劉禹錫

朱雀橋邊野草花
烏衣巷口夕陽斜
舊時王謝堂前燕
飛入尋常百姓家

唐·刘禹锡

乌衣巷[1]

朱雀桥[2]边野草花，
乌衣巷口夕阳斜。
旧时王谢堂前燕[3]，
飞入寻常[4]百姓家。

释义

朱雀桥，桥名。乌衣巷，地名。夕阳将晚而西斜，喻晋之山河至此而残败也。王、谢，谓王导、谢安。言二子昔日之富贵显荣，今日寂寞无存，犹燕飞入寻常百姓之家。其伤时之意亦切矣。

增和

巷口垂杨门外花，夕阳照地影横斜。
昔年富贵今安在？衣冕[5]同归百姓家。

注解

❶ 此为《金陵五题》第二首。乌衣巷：位于南京秦淮河上文德桥旁的南岸，三国时曾是东吴的军营，因士兵穿黑衣，故名。东晋时曾是王导、谢安家族所在。一说因为王谢子弟多穿黑衣服，所以称乌衣巷。

❷ 朱雀桥：秦淮河上桥名，离乌衣巷很近。

❸ 旧时：从前。王谢：东晋王导和谢安两大家族是当时的豪门望族，并称“王谢”。

❹ 寻常：平常，普通。

❺ 衣冕（miǎn）：衮（gǔn）衣和冠冕，这里指达官贵人的礼服和礼冠。

北榭碑

李太白[1]

唐人。名白。仕唐明皇朝。官至翰林承旨。以文章多得寵

一為遷客去長沙
西望長安不見家
黃鶴樓中吹玉笛
江城五月落梅花

唐 · 李白

北榭碑[2]

一为迁客去长沙[3]，
西望长安不见家。
黄鹤楼[4]中吹玉笛，
江城五月落梅花[5]。

释义

迁客，李白自谓。长沙，郡名，属湖广[6]。黄鹤楼，在黄鹤山上，此楼因山得名，仙人子安乘黄鹤过此，故名山。此诗太白迁谪长沙，每望长安甚远而不得见天子之庭，故登楼以望。梅花，笛中曲名。登楼吹笛以弄梅花曲，聊遣其郁抑之意[7]，则思君恋国之心，亦未尝忘也。

增和

驱驰万里逐烟沙，一路寻常问酒家。
回首长安何处是，谩将横笛弄梅花。

注解

❶ 李太白：李白（701—762），字太白，号青莲居士，唐代著名大诗人，其诗高妙清逸，世称“诗仙”。与杜甫齐名，世称“李杜”。翰林承旨：古代官名，唐代翰林院有翰林学士承旨，专门负责拟制诰令等重要文书。

❷ 黄鹤楼四面都有台榭，这首诗题写在北榭的碑上，因而得名。榭：建在高台或水面上的木屋。诗题也作《与史郎中钦听黄鹤楼上吹笛》。

❸ 一为：一旦成为。迁客：遭贬迁的人。去长沙：西汉贾谊受谗言所害，被贬为长沙王太傅，此处指代诗人自己。

❹ 黄鹤楼：江南名楼，传说中仙人子安从此地乘黄鹤升天，故称为黄鹤楼。旧址在今武汉蛇山黄鹄矶（hú jī）。

❺ 江城：临江的城市，这里指江夏，今湖北武汉。落梅花：古笛曲名，即《梅花落》，也可理解为《梅花落》吹得非常动听，使人仿佛看到江城落满了梅花。

❻ 湖广：行政区划名，明代省名，包括今天的湖南与湖北。

❼ 聊：姑且，勉强。遣：排解。郁抑：郁闷，心情不舒畅。

送使西安

王摩詰[1]

名維。唐開元中爲尚書左丞。工於詩辭。畫亦精妙

渭城朝雨浥輕塵
客舍青青柳色新
勸君更盡一盃酒
西出陽關無故人

唐 · 王维

送使西安[2]

渭城朝雨浥轻尘[3]，
客舍[4]青青柳色新。
劝君更尽[5]一杯酒，
西出阳关[6]无故人。

释义

渭城，地名，在安县。阳关，亦地名，在长安。此篇王摩诘为左丞时，送故友元二使西安而作也。当送别之时，有微雨而下，湿于轻尘，至客舍之中，见柳色之青青。于是置酒饯别[7]，劝尽一杯而毕饮，自此西出阳关之外，再无如我之故人。首二句言景物，后二句言人情。

增和

马蹄道上逐红尘，别酒频倾竹叶新。
此去一尊[8]须倒尽，明朝[9]千里远人行。

注解

❶ 王摩诘（jié）：王维（700—761），字摩诘，祖籍山西祁州（今属山西），盛唐时期极负盛名的诗人，官至尚书右丞。介绍部分称"左丞"有误。

❷ 元二：诗人的朋友，姓元，排行第二。使：出使。安西：安西都护府，公元640年唐朝为加强对西域地区的控制而设置。诗题也作《赠别》《渭城曲》。

❸ 渭城：地名，为秦代咸阳城，汉代改称渭城，治所在今咸阳东北二十里。朝雨：早晨下的雨。浥（yì）：沾湿。轻尘：地上的尘土。

❹ 客舍：旅舍。

❺ 更：再。尽：饮完。

❻ 阳关：古关名，在今甘肃敦煌西南，为古代通往西域的必经之地，因位于玉门关以南，故称阳关。"释义"部分称阳关地"在长安"有误。

❼ 饯（jiàn）别：准备酒食为人送行。

❽ 一尊：一杯酒。

❾ 明朝（zhāo）：第二天早晨。

秋景

明道遊淮南寺

題淮南寺

程明道

南去北來休便休
白蘋吹盡楚江秋
道人不是悲秋客
一任晚山相對愁

北宋·程颢

题淮南寺[1]

南去北来休便休[2]，
白蘋吹尽楚江秋[3]。
道人不是悲秋客[4]，
一任[5]晚山相对愁。

释义

白蘋，草名。道人，有道之人，程子自谓也。此诗在淮南寺而作，言从南而去，从北而来，当暂止于此而休息。风吹白蘋，正属楚江秋高之时。然秋色萧瑟，虽可悲，在我有道之人，非若宋玉悲秋之客，一任晚山之景相对不能使我愁也。

增和

步入禅关百虑休[6]，云花[7]翠竹自春秋。
高僧喜说三生[8]话，消却尘心万斛愁[9]。

注解

❶ 淮南寺：寺名，在扬州附近。淮南：宋设立淮南道，治所在扬州。

❷ 休便休：想休息就休息。此句指想走到南就走到南，想走到北就走到北，想走就走，想歇就歇，快活随意，自由自在。

❸ 白蘋（pín）：一种浮生于水面的草本植物，春夏开白花，秋天渐渐枯萎。楚江：长江。

❹ 道人：诗人自称。悲秋：看到秋天草木凋谢而感伤。

❺ 一任：任凭。

❻ 禅关：禅门，寺院。休：停止，放下。

❼ 云花：云朵，云片。

❽ 三生：佛家所说的三世转生，即前生、今生和来生。

❾ 尘心：凡俗之心，名利之念。万斛（hú）：古代以十斗为一斛，形容容量之多。

秋溪翫賞

秋

前賢

清溪流過碧山頭
空水澄鮮一色秋
隔斷紅塵三十里
白雲紅葉兩悠悠

南宋 · 朱熹

秋

清溪流过碧山头，

空水澄鲜一色秋[1]。

隔断红尘[2]三十里，

白云红叶两悠悠[3]。

释义

此篇极言秋色之清也。空，天汉长空也。盖天清碧，水亦澄清，所谓秋水长天一色是也。则虽红尘之微小，亦不能近，隔断三十里，上下惟见白云与红叶两悠然而已。即此可见作诗者胸中物欲之净尽者，方能道此也。

增和

一声新雁唳[5]江头，又觉天回白帝秋[6]。

井上梧桐黄叶落，山光水色[7]总悠悠。

注解

❶ 空水：月夜的天空和溪水。澄鲜：明净清亮。

❷ 红尘：指世俗。

❸ 红叶：落叶，一作“黄叶”。悠悠：悠闲自在的样子。

❹ 玩赏：观览欣赏。

❺ 唳（lì）：高亢地鸣叫。

❻ 天回：指时光流转。白帝秋：秋天；春为青帝，秋为白帝。

❼ 山光水色：水波泛出秀色，山上景物明净，形容山水景色秀丽。

七夕

楊朴[1]

未會牽牛意若何

須邀織女弄金梭

年年乞與人間巧

不道人間巧已多

北宋·杨朴

七夕[2]

未会牵牛意若何[3]，
须[4]邀织女弄金梭。
年年乞与[5]人间巧，
不道[6]人间巧已多。

释义

牵牛、织女，二星名。乞巧，古俗，女子逢七夕以彩线穿七孔针，陈瓜果于庭中，以乞巧。此诗前二句设为问答之意，意谓吾未晓牵牛之意有何，故乃须知我邀织女以弄金梭。曰汝年年乞与人间之机巧，却不道人间之机巧，今已大多。此阴有抑世之意。

增和

牛郎有意渡银河，织女机中暂住梭。
天遗佳期今夕会，却缘[7]会少别离多。

注解

❶ 杨朴（921—1003）：字契元，郑州东里（今属河南）人，北宋初诗人。

❷ 七夕：农历七月初七，相传牛郎织女每年在这一天相会鹊桥。妇女们在院子里供上瓜果，对月穿针，向织女乞巧，又叫“乞巧节”。

❸ 未会：不知道。牵牛：本指星座名，此处指传说中的牛郎。意若何：有什么想法。

❹ 须：应当。

❺ 乞与：请求赐予。

❻ 不道：岂不知，难道不知道。

❼ 缘：因为。

閑望星斗

立秋日

劉武子[1]

乳鴉啼散玉屏空
一枕新涼一扇風
睡起秋聲無覓處
滿階梧葉月明中

南宋 · 刘翰

立秋[2]日

乳鸦啼散玉屏空[3]，
一枕新凉一扇风。
睡起秋声[4]无觅处，
满阶梧叶[5]月明中。

释义

乳鸦，小鸦也。玉屏，屏色粉白如玉。秋声，秋气肃杀之声。梧桐秋至，则叶落，古文云“梧桐落金井，一叶在银床”。此诗赋立秋之日，言乳鸦啼散，而玉屏空寂，惟见一枕之新凉，则有一扇之风来。睡起之际，忽闻秋声，但有声无形，则无从寻处，唯见满阶之梧叶落于月明之中而已。

增和

斗柄西方[6]转碧空，乾坤一夜动金风[7]。
白云飞出红云敛，流火[8]初消一雨中。

注解

❶ 刘武子：刘翰（生卒年不详），字武子，长沙（今属湖南）人，南宋诗人。

❷ 立秋：二十四节气之一，于每年阳历8月7日至9日交节，被认为是秋天的开始。

❸ 乳鸦：小乌鸦。散：散去。玉屏：颜色如玉的屏风。

❹ 秋声：秋风萧瑟。

❺ 梧叶：梧桐叶，立秋后梧桐叶先落。

❻ 斗柄：星名，指北斗七星中玉衡、开阳、摇光三星，这三星排列成弧状，形如酒斗之柄，故称为“斗柄”，斗柄常年运转，古人根据斗柄指向来确定时间和季节。斗柄指向西方，意味着秋天到了。

❼ 金风：秋风。

❽ 流火：大火星（即心宿星）西沉。农历七月，心宿星的位置由中天逐渐西降，后多指农历七月暑渐退而秋天将至之时。

卧看牛女星

秋夕

杜牧之

銀燭秋光冷畫屏
輕羅小扇撲流螢
天街夜色涼如水
卧看牽牛織女星

唐·杜牧

秋夕[1]

银烛秋光冷画屏[2]，
轻罗小扇扑流萤[3]。
天街[4]夜色凉如水，
卧看牵牛织女星。

释义

银烛，以蜡为之，其色白如银。流萤，虫名，腐草化成，夜出有光。此诗以秋夕而作，言银烛光辉，画屏清冷，轻摇小扇，以扑流萤。所可爱者，天街之上，夜色如水之清凉，因而闲卧以看牛女二星，其悠然得趣之意，可想见矣。

增和

飒飒[5]心凉透翠屏，微光点点耀银萤。
风清碧汉[6]天如洗，静坐兰堂[7]看众星。

注解

❶ 秋夕：诗题也作《七夕》《秋夜宫词》。
❷ 银烛：银白色的蜡烛。秋光：秋色。画屏：画有图案的屏风。
❸ 轻罗小扇：用轻薄的丝罗做成的扇子。流萤：飞动的萤火虫。
❹ 天街：宫中的御道，这里泛指宫中；一作“天阶”，宫中台阶。
❺ 飒（sà）飒：形容风吹动树木枝叶等的声音。
❻ 碧汉：指天空。
❼ 兰堂：充满芬芳之气的厅堂，这里指对女子居室的美称。

中秋月

前賢

暮雲收盡溢清寒
銀漢無聲轉玉盤
此生此夜不長好
明日明年何處看

北宋·苏轼

中秋月[1]

暮云收尽溢[2]清寒，
银汉无声转玉盘[3]。
此生此夜不长好[4]，
明日[5]明年何处看？

注解

❶ 诗题也作《中秋》。中秋：阴历八月十五为中秋节。

❷ 溢：充满，散发。

❸ 银汉：银河。玉盘：圆月。

❹ 不长好：不长久。

❺ 明日：通行本作“明月”。

释义

银汉，天汉光白如银也。玉盘，月也。此诗言暮云已收尽，则寒气溢满，天汉明净，而明月如盘转于上。于是叹息之，此生此夜之佳景，不能长得，当尽劝赏，明日明年，又从何处而看此月乎？

江樓書感

趙嘏[1]

音賈。字承祐。山陽人。唐榜進士。爲河南尹

獨上江樓思悄然
月光如水水如天
同来翫月人何處
風景依稀似去年

唐 · 赵嘏[1]

江楼[2]书感

独上江楼思悄然[3]，
月光如水水如天。
同来玩月人何处[4]？
风景依稀[5]似去年。

释义

此诗有触景伤情之意。言独登江楼，此心悄然而痛悲，但见月与水同光莹，水与天同一色，此言江楼夜景之佳也。至于昔日同我而来玩月之人，今已不在，惟有风景之美，不改于去年，其感慨亦深矣。

增和

楼依江畔势巍然[6]，水月光涵[7]一色天。
景在人无空怅望[8]，重逢玩月是何年？

注解

❶ 赵嘏（gǔ）（806—852）：字承祐，楚州山阳（今属江苏）人，唐代诗人。

❷ 江楼：江边的小楼。

❸ 思悄（qiǎo）然：形容忧愁难以排解的样子。悄然：一作“渺然”。

❹ 玩月：一作“望月”。人何处：一作“人何在”。

❺ 依稀：仿佛，好像。

❻ 巍（wēi）然：高大雄伟的样子。

❼ 光涵：包含，映照。

❽ 怅望：情绪落寞而有所想望。

西湖

林升[1]

山外青山樓外樓
西湖歌舞幾時休
暖風薰得遊人醉
直把杭州作汴州

南宋 · 林升

西湖[2]

山外青山楼外楼[3]，
西湖歌舞几时休[4]。
暖风薰[5]得游人醉，
直把杭州作汴州[6]。

释义

山外有山，楼外有楼，言山楼之稠叠也。湖中歌舞作乐，何时休息？风景艳丽，游赏者沉溺不返如昏醉，将把杭州之景，作汴州之乐。此诗讥宋高宗宴安怠懈[7]，不能奋志[8]复仇，使中原之地沦于夷狄[9]，犹杭州以作汴州也。此诗人之寓意深远。

增和

水光山色映层楼，赏客游人日未休。
自是西湖风景好，汴州未必胜杭州。

注解

❶ 林升（生卒年不详）：字梦屏，平阳（今属浙江）人，南宋诗人。

❷ 诗题也作《题临安邸》，此诗题写在临安客栈墙壁上。

❸ 山外青山楼外楼：青山之外还有青山，楼外还有楼，写临安城风景优美，市井繁华。

❹ 几时：何时。休：停止。

❺ 薰：也作“熏”，熏染。

❻ 直：简直。汴州：北宋都城，今河南开封。

❼ 宴安：安逸享受。

❽ 奋志：振奋志气。

❾ 沦（lún）：沦陷，陷落。夷狄（yídí）：古代称东方部族为夷，北方部族为狄，常用以泛称除中原华夏族以外的各族，这里特指女真人建立的金国。

西湖

杨诚斋

畢竟西湖六月中
風光不與四時同
接天蓮葉無窮碧
映日荷花別樣紅

南宋·杨万里

西湖[1]

毕竟[2]西湖六月中，
风光不与四时[3]同。
接天莲叶[4]无穷碧，
映日荷花别样[5]红。

释义

此诗极言西湖之佳景。当六月之时，则风景云物之艳更美，非四季之景所能同观。莲叶则接天之远无穷青碧，于荷花映日，则别样鲜红，此景之最佳也。

增和

万顷天光浩荡中[6]，西湖佳景古今同。
碧荷夏涧新莲白，绿水晚涵斜日红。

注解

❶ 诗题也作《晓出净慈寺送林子方》。净慈寺：位于西湖南岸，和灵隐寺同为西湖两大名寺。

❷ 毕竟：到底是。

❸ 四时：四季，这里指六月以外的其他月份。

❹ 接天莲叶：片片荷叶相接，一眼望去，像是与天相连。

❺ 别样：分外，格外。

❻ 顷（qǐng）：面积单位，一顷等于一百亩。天光：日光，这里形容西湖湖面之大。

初晴後雨

前賢

水光瀲灩晴方好
山色空濛雨亦奇
欲把西湖比西子
淡粧濃抹兩相宜

北宋·苏轼

初晴后雨[1]

水光潋滟晴方好[2]，
山色空濛[3]雨亦奇。
欲把西湖比西子[4]，
淡妆浓抹总相宜[5]。

注解

❶ 诗题也作《饮湖上初晴后雨》。湖：西湖。

❷ 潋滟（liànyàn）：阳光下水面波光荡漾的样子。方：刚刚。

❸ 空濛：烟雨迷茫的样子。

❹ 西子：西施，春秋时越国著名美女。

❺ 相宜：相称，合适。

❻ 偏好（hǎo）：刚好。

释义

潋滟，水光动也。空濛，雨气浮蔽于长空。西子，即西施，美妇人也。此诗咏西湖初晴之景，言湖水之光潋滟，晴霁偏好[6]，湖山之色当空濛之时，雨下亦奇好。将此西湖之佳景，比西子浅淡之妆、深浓之抹，奇貌佳景，亦足以相当也。

增和

雨前荷叶容偏好，雨后莲花色更奇。
妆点西湖多景致，游人赏客最相宜。

入直

周益公 1

名必大，字子充，廬陵人。宋紹中登第，淳熙中拜相，封益公。

綠槐夾道集昏鴉
勑使傳宣坐賜茶
歸到玉堂清不寐
月鈎初上紫薇花

南宋 · 周必大

入直[2]

绿槐夹道集昏鸦[3]，
敕使传宣坐赐茶[4]。
归到玉堂清不寐[5]，
月钩初上紫薇花[6]。

释义

绿槐，唐尚书省，有槐树垂阴玉堂中省。紫薇花，唐中书省植此花，故号紫薇省。清不寐，辞归玉堂之时，则夜气清冷而不成寐，惟见新月一钩而上于紫薇之花。

增和

金背光翻阵阵鸭，九重敕赐御香茶[7]。
承恩回首归薇省[8]，月映宫袍灿[9]锦花。

注解

❶ 周益公：周必大（1126—1204），字子充，一字洪道，自号平园老叟，庐陵（今属江西）人，南宋政治家、文学家，官至左丞相，封益国公。

❷ 入直：即入值，进宫值班。

❸ 集：聚集。昏鸦：黄昏时回巢的乌鸦。

❹ 敕（chì）使：奉有皇帝诏命的使者。传宣：传令宣召。

❺ 玉堂：指翰林院，北宋太宗淳化年间，赐翰林“玉堂之署”四字，后世遂用玉堂代称翰林院。清不寐（mèi）：夜色清明，难以入睡。

❻ 月钩：阴历月头或月尾时的蛾眉月，形状如钩，故称。初上：初照。紫薇：花名，落叶乔木，花红紫色，又称满堂红、百日红。

❼ 九重：指代帝王。香茶：清香之茶。

❽ 薇省：紫微省的简称，这里指中枢机要官署。

❾ 灿：光彩鲜明，耀眼。

登車蓋亭

蔡確[1]

紙屏石枕竹方牀
手倦抛書午夢長
睡起莞然成獨笑
數聲漁笛在滄浪

北宋·蔡确[1]

登车盖亭[2]

纸屏石枕竹方床[3]，
手倦抛书午梦长。
睡起莞然[4]成独笑，
数声渔笛在沧浪[5]。

释义

此诗因登亭而作，以纸为屏，用石为枕，竹作方床，此言所尚之雅淡也。观书倦怠，则抛下手所执之书，一睡当日午而魂梦永长。至于睡起，莞然而自笑者何也？盖闻数声渔笛在沧浪之水中矣。此叙其清闲自得之意。

增和

黑甜[6]一枕向藤床，寂寂[7]闲亭日正长。
情思悠然心境净，尘缨自取濯沧浪[8]。

注解

❶ 蔡确（1037—1093）：字持正，泉州晋江（今属福建）人，北宋官员，历任御史中丞、参知政事等职。

❷ 诗题也作《夏日登车盖亭》《水亭》。

❸ 纸屏：纸做的屏风。石枕：石头做的枕头。竹方床：竹床。

❹ 莞（wǎn）然：微笑的样子。

❺ 渔笛：渔人吹奏的笛声。沧浪：苍青色的水，这里指江、湖。

❻ 黑甜：指酣睡。

❼ 寂寂：寂静无人声。

❽ 濯（zhuó）：洗。此句化用屈原《楚辞·渔父》中“沧浪之水清兮，可以濯吾缨；沧浪之水浊兮，可以濯吾足”的典故。

宣鎖

洪平齋[1]

禁門深鎖寂無譁
濃墨淋漓兩相麻
唱徹五更天未曉
一池月浸紫薇花

南宋·洪咨夔[1]

宣锁[2]

禁门深锁寂无哗[3]，
浓墨淋漓两相麻[4]。
唱彻五更[5]天未晓，
一池月浸紫薇花。

释义

禁门，皇宫门户，出入有禁止。浓墨淋漓，用墨水之洒染也。麻，中书用白黄纸为纶命[6]。此诗为宣锁而作。言禁门严肃，寂无喧哗，惟有浓墨染洒于两相之黄麻。鸡唱五更，天尚阴而未晓，惟见一池月色，映浸紫薇之花影。

增和

密扃金阙禁喧哗[7]，济济衣冠拜白麻[8]。
银箭[9]数声催漏彻，向看斜月映宫花。

注解

❶ 洪平斋：洪咨夔（kuí）（1176—1236），字舜俞，号平斋，临安（今属浙江）人，南宋诗人。

❷ 宣锁：宋代制度，凡是草拟任命宰相等重要事项的诏书，由皇帝当晚宣召值班的翰林学士当面口授，翰林学士回学士院后，院门上锁，禁止出入。天明前拟好的诏书呈送皇帝御览，待正式诏书宣读后，方可开院，称为“宣锁”。诗题也作《直玉堂作》《禁锁》。

❸ 禁门：宫门。寂无哗：寂静，无人喧哗。

❹ 相麻：唐宋时任命丞相的诏书，用白麻纸书写，故称；两相麻，指两份任命诏书。

❺ 唱彻五更：指报时已过五更天；唱彻，唱到。

❻ 纶（lún）命：皇帝的诏命。

❼ 密扃（jiōng）金阙：即“金阙密扃”，指宫门紧闭；金阙，皇帝所居的宫殿。

❽ 济（jǐ）济：形容人多，阵容盛大。白麻：这里指任命诏书。

❾ 银箭：指古代计时器（漏壶）上银制的漏箭，通过标记时刻来计时。

竹樓

李嘉祐[1]

字從一。廣陵人。天寶七年進士。官至玄台二州刺史

傲吏身閑笑五侯
西江取竹起高樓
南風不用蒲葵扇
紗帽閑眠對水鷗

唐 · 李嘉祐[1]

竹楼[2]

傲吏[3]身闲笑五侯，
西江[4]取竹起高楼。
南风不用蒲葵扇[5]，
纱帽[6]闲眠对水鸥。

释义

傲吏，唐御史，设竹床常卧，非奉旨则少起，故曰傲吏。五侯，见前《寒食》注。鸥，水鸟。笑五侯，言傲倨之吏清闲，虽五侯之贵，亦轻笑之。不以富贵为事，卧于竹楼之上。有南风时来，故不用蒲葵之扇而自凉，故惟衣冠不脱，对水鸥之眠以自适[7]。

增和

金章紫绶[8]让公侯，笑倚乾坤小竹楼。
解愠南薰清到骨[9]，忘机[10]坐对水中鸥。

注解

❶ 李嘉祐（生卒年不详）：字从一，赵州（今属河北）人，唐代诗人。

❷ 诗题也作《寄王舍人竹楼》。

❸ 傲吏：恃才傲物的官吏，诗人自称。

❹ 西江：指江西一带，当地盛产竹材。诗人曾为袁州（今属江西）刺史。

❺ 蒲葵扇：用蒲葵做成的扇子；蒲葵，一种常绿乔木，叶子可以制扇。

❻ 纱帽：古代官员戴的一种帽子，用纱制成。

❼ 自适：悠然闲适而自得其乐。

❽ 金章紫绶（shòu）：金质的官印和紫色的印绶，古代为丞相所用，这里借指高官显爵。

❾ 解愠（yùn）：消除怒气。南薰：南风。

❿ 忘机：指没有巧诈的心思，与世无争。

直中書省

白樂天[1]

名居易，其先太原人，擢進士，仕唐，官至禮部尚書

絲綸閣下文章靜
鐘鼓樓中刻漏長
獨坐黃昏誰是伴
紫薇花對紫薇郎

唐·白居易

直中书省[2]

丝纶阁[3]下文章静，
钟鼓楼中刻漏长[4]。
独坐黄昏谁是伴，
紫薇花对紫薇郎[5]。

释义

丝纶，《礼记》云“王言如丝，王言如纶”，乃帝王之令命也。文章，指制诏而言。昏与晓，鸣钟以禁人之行止，鼓以节更漏之点刻。紫薇郎，官号，即中书郎也。紫薇郎，乐天自谓。言坐于中书省中，黄昏寂寞，惟独与紫薇花相对而已，时因直入中书待诏，夜间而作。

增和

玉堂潇洒喧哗静，金阙深沉夜景长。
独对紫薇花下坐，月华光照锦衣郎[6]。

注解

❶ 白乐天：白居易（772—846），字乐天，号香山居士，太原人，唐代诗人。

❷ 中书省：官署名，唐代实行三省制，中书省拟旨发令，门下省审核，尚书省执行；白居易曾任中书舍人，负责替皇帝拟旨。诗题也作《紫薇花》。

❸ 丝纶阁：为皇帝撰拟诏书的地方；丝纶，皇帝的诏书。

❹ 钟鼓楼：专门用来报时辰的楼，以敲钟、击鼓为号。刻漏：古代用铜壶滴水计时，根据壶中标尺的刻度来判断时间，这里泛指时间。

❺ 紫薇郎：唐代称中书省为紫薇省，白居易时任中书舍人，故自称紫薇郎。

❻ 锦衣郎：穿着精美华丽的衣服的人，指达官显贵。

觀書有感

朱文公

半畝方塘一鑑開
天光雲影共徘徊
問渠那得清如許
惟有源頭活水来

南宋·朱熹

观书有感·其一

半亩方塘一鉴[1]开，
天光云影共徘徊[2]。
问渠那得清如许[3]，
为有源头活水来[4]。

释义

一百二十步为半亩。鉴，镜也。徘徊，踌躇未散之貌。渠，犹尔也，指水言。源头，水之本原始出之处。此诗公观书见义理之高明，尤万殊[5]之原于一本也。问水何得清如许，惟水有源头之活泼而来，以水喻道故也。

增和

宝镜初从玉匣[6]开，妍媸[7]照彻共徘徊。
问他焉得明如此，磨洗曾经着力[8]来。

注解

❶ 鉴：镜子。
❷ 共徘徊：来回移动，指天光云影倒映在水塘中。
❸ 渠：它。那（nǎ）得：怎么会；那，同“哪”。清如许：这么清澈。
❹ 为：因为。活水：流动的水。
❺ 万殊：千差万别，事物万变。
❻ 玉匣：玉质或以玉为饰的盒子，多用来贮藏珍贵的物品。
❼ 妍媸（yánchī）：美好与丑恶。
❽ 着力：用力，尽力。

觀書有感 其二

朱文公

昨夜江邊春水生
蒙衝巨艦一毛輕
向来枉費推移力
此日中流自在行

南宋 · 朱熹

观书有感·其二[1]

昨夜江边春水生，
蒙冲巨舰一毛轻[2]。
向来枉费推移力[3]，
此日中流自在行[4]。

释义

蒙冲巨舰，皆重大之船。自在，不用力之意。此诗以泛舟而喻为学。言春水生多，则大船浮动而至轻。向来“推移”云者，盖以始焉克己[5]最难；此日自在云者，终焉欲尽理还[6]。不思不勉，从容而自得耳。

增和

山径茅茨[7]雨畔生，芟除[8]日用力非轻。
从今不为他歧惑[9]，大道迢迢[10]在我行。

注解

❶ 诗题也作《泛舟》。

❷ 蒙冲：古代的一种战船。以生牛皮蒙船覆背，两厢开掣棹孔，左右有弩窗、矛穴，也作“艨艟”（méngchōng）。一毛轻：像一根羽毛一样轻。

❸ 向来：从前，指春水未涨的时候。枉费：白费。

❹ 中流：水流的中央。自在：悠闲自在。

❺ 克己：克制私欲，严格约束自己。

❻ 欲尽理还：理学家朱熹主张通过克制自己的私欲，使言行举止合乎礼节，进而达到“存天理、灭人欲”的道德境界。

❼ 茅茨（cí）：野生的茅草。

❽ 芟（shān）除：除草。

❾ 歧惑：迷路，迷惑。

❿ 迢（tiáo）迢：形容遥远。

冷泉亭

林稹[1]

一泓清可沁詩脾
冷暖年來只自知
流出西湖載歌舞
回頭不似在山時

北宋·林稹[1]

冷泉亭[2]

一泓清可沁诗脾[3]，
冷暖年来[4]只自知。
流出西湖载歌舞[5]，
回头不似[6]在山时。

释义

泓，水深清貌。沁，饮水也，言水之清可饮以濯诗脾。天时或冷或暖，年去年来，只自己知之。其流出西湖载歌童舞女之地，则必染污浊，回头顾盼，不似在山昔日清洁之时。意谓人生之初，其性本善，物欲陷溺[7]，则不如初矣。

增和

寒碧应堪沃[8]渴脾，个中[9]一味有谁知？
若教此水归湖海，曾似原头未出时[10]。

注解

❶ 林稹（zhěn，生卒年不详）：字丹山，长洲（今属江苏）人，北宋诗人。

❷ 冷泉亭：亭名，在杭州西湖灵隐寺前飞来峰下，亭下有冷泉，流入西湖。

❸ 一泓（hóng）：一池深水。泓，水深为泓。清可：清新可爱。沁：浸润，渗入。诗脾：诗思，中医认为脾主思，故云“诗脾”。

❹ 年来：寒来暑往，岁月更替。

❺ 载歌舞：满载歌舞的游船。

❻ 不似：不像。

❼ 物欲陷溺：指沉溺于物质享受，丧失本性。

❽ 沃：浇灌。

❾ 个中：其中，这里面。

❿ 曾（zēng）：表示疑问，相当于“怎”。原头：同“源头”，水发源处。

楓橋夜泊

張繼[1]

月落烏啼霜滿天
江楓漁火對愁眠
姑蘇城外寒山寺
夜半鐘聲到客船

唐·张继[1]

枫桥[2]夜泊

月落乌啼[3]霜满天，
江枫渔火对愁眠[4]。
姑苏城外寒山寺[5]，
夜半[6]钟声到客船。

释义

江枫，市名。愁眠，山名。渔火，船上火。姑苏城，在姑苏处，吴王夫差尝与西施游宴于其上。寒山寺，寺名，有佛名寒山。此诗因夜泊枫桥而赋其景。月落乌啼，此夜深之时也，斯时霜不满天，江枫市之渔火与愁眠山而相对。姑苏城外，于寒山寺之钟声，夜半闻于客船之上。此诗写布江中夜深景物，极其明尽。

增和

碧云收尽镜磨天，夜泊枫桥带月眠。
遥忆故乡千万里，风霜鼓舞动楼船[7]。

注解

❶ 张继（生卒年不详）：字懿孙，襄州（今属湖北）人，唐代诗人。

❷ 枫桥：在今江苏苏州阊门外。诗题也作《夜泊枫江》。

❸ 乌啼：乌鸦啼鸣。

❹ 江枫：江边的枫树，一说江枫为二桥名。对愁眠：怀着忧愁入睡；愁眠，一说是愁眠山。

❺ 姑苏：即苏州，因城西南有姑苏山而得名。寒山寺：枫桥附近的一座寺庙，因唐代僧人寒山曾任住持而得名。

❻ 夜半：半夜。

❼ 楼船：有楼层的大船。

霜月

李商隱[1]

初聞征鴈已無蟬
百尺樓臺水接天
青女素娥俱耐冷
月中霜裏鬭嬋娟

1 字義山。懷州人。唐文宗時詩士

唐 · 李商隐[1]

霜月[2]

初闻征雁[3]已无蝉，
百尺楼台[4]水接天。
青女素娥俱耐冷[5]，
月中霜里斗婵娟[6]。

释义

蝉，虫类，吸露吟风。青女，霜神。素娥，即嫦娥。婵娟，色容艳丽也。此诗当秋残冬初之景，而咏霜月。盖秋尽则雁初鸣，而蝉已无声，登百尺高楼，向南而望，只见秋水与长天一色。霜里之青女，月中之素娥，俱能耐冷而斗美丽于夜深矣。

增和

马蹄不复夜闻蝉，月满乾坤霜满天。
青女来时威凛凛[7]，青娥行处影娟娟[8]。

注解

❶ 李商隐（812—858）：字义山，号玉溪生，怀州河内（今属河南）人，晚唐著名诗人。
❷ 诗题也作《霜夜》。
❸ 征雁：深秋时节南飞的大雁。
❹ 百尺楼台：指高楼。
❺ 青女：传说中主管霜雪的女神。素娥：嫦娥。俱：都。
❻ 婵娟：容貌美好。
❼ 凛（lǐn）凛：严整而令人敬重、害怕的样子。
❽ 娟娟：姿态柔美的样子。

冬景

梅

王蒹猗

不受塵埃半點侵
竹籬茅舍自甘心
只因誤識林和靖
惹得詩人説到今

北宋·王淇

梅

不受尘埃半点侵[1]，
竹篱茅舍自甘心[2]。
只因误识林和靖[3]，
惹得诗人说到今。

释义

林和靖，名逋，宋隐士。此诗咏梅之出处，言梅之为物，清莹皎洁，不受尘埃半点之侵染，且不生于玉栏宝架之内，而甘心于竹篱茅舍之旁，寓意如君子之不重繁华富贵，而好清幽隐逸焉。“只因误识林和靖”者，盖和靖知梅之妙，故诗有“疏影横斜水清浅，暗香浮动月黄昏”之语，后之诗人皆宗之，故曰“惹得诗人”云。

增和

玉体无瑕[4]霜雪侵，孤芳[5]独有岁寒心。
当时谁做罗浮梦[6]，留得清名到至今。

注解

❶ 侵：侵染。

❷ 甘心：情愿。

❸ 林和靖（jìng）（967—1028）：林逋（bū），字君复，人称和靖先生，北宋初年诗人，有“梅妻鹤子”的美誉，以“疏影横斜水清浅，暗香浮动月黄昏”诗句著称。

❹ 无瑕：没有瑕疵。

❺ 孤芳：指独秀的梅花。

❻ 罗浮梦：传说隋文帝开皇年间，赵师雄在罗浮山遇见一女子，芳香袭人，语言清丽，相谈甚欢，第二天醒来，发现自己竟然卧在梅花树下。此典故意在赞美梅花。

梅

白玉蟾[1]

南枝繞放兩三花
雪裹吟香弄粉歆
淡淡着烟濃着月
深深籠水淺籠沙

南宋 · 白玉蟾

梅

南枝[2]才放两三花，
雪里吟香弄粉些[3]。
淡淡着[4]烟浓着月，
深深笼水浅笼沙[5]。

释义

南枝，向南之枝。些，无多也。此诗赋梅之初发者。南属火，有暖气者也，言向南之枝，先得暖气。初放两三花，花之放于初，在雪里，只有些粉香。烟气淡，故着烟淡；月色光，故着月浓。水深而暗，故梅影笼于水者亦深也。沙浅易见梅影，故云浅笼沙。此诗形容初发之梅，极其精致而多意趣。

增和

园林斗雪绽银花，不许红尘着一些。
结实终期调鼎鼐[6]，莫教飘落污泥沙。

注解

❶ 白玉蟾（1134—1129）：原名葛长庚，号海琼子、海南翁、琼山道人，世称紫清先生，南宋道人，全真教尊为“南五祖”之一。

❷ 南枝：向阳的枝条。

❸ 吟香：吟咏梅花的香气。弄粉：赏玩梅花的花蕊。些：句末语气助词。

❹ 着（zhuó）：附着。

❺ 深深笼水浅笼沙：这里指梅花的影子或深深地投向水面，或浅浅地映在沙上。

❻ 调鼎鼐（dǐngnài）：指调和五味。鼎、鼐，古代两种烹饪器具。

雪梅

盧梅坡[1]

梅雪爭春未肯降，
騷人閣筆費評章。
梅須遜雪三分白，
雪卻輸梅一段香。

南宋 · 卢钺

雪梅

梅雪争春未肯降[2]，
骚人阁笔费评章[3]。
梅须逊雪三分白[4]，
雪却输[5]梅一段香。

释义

降，犹伏也。梅雪俱发于初春之时，故云争春。骚人，风骚之人。阁笔，架笔也。费评章，谓费精神而评论诗章也。言梅不及雪之白，故当让雪三分之白；雪无梅之香，故云输梅一段香。上作梅雪相争，下二句作诗人判断意。

增和

梅放南枝雪欲降，品题[6]聊为试诗章。
雪花预报丰年瑞[7]，梅蕊犹赢暗里香。

注解

❶ 卢梅坡（生卒年、籍贯不详）：卢钺，字威节，南宋诗人。

❷ 争春：争夺春色。未肯降：不肯服输。

❸ 骚人：诗人。阁笔：意为诗人们很难表达梅与雪的风韵，不敢动笔；阁，通“搁”，放下。费评章：费心评论、评价。

❹ 须：应当。逊：不如。

❺ 输：少。

❻ 品题：品评高下。

❼ 瑞：吉祥，好兆头。

雪梅

前賢

有梅無雪不精神
有雪無詩俗了人
日暮詩成天又雪
與梅併作十分春

南宋·卢钺

雪梅

有梅无雪不精神[1]，
有雪无诗俗了人[2]。
日暮诗成天又雪[3]，
与梅并作十分春[4]。

注解

❶ 精神：神采。
❷ 俗了人：使人感到庸俗。
❸ 雪：动词，指下雪。
❹ 十分春：全部的春天。
❺ 可人：惹人怜爱。

释义

此诗又咏梅、雪。精神，犹气魄丰采也。俗了人，言鄙陋，于人无雅意。日暮诗成，天又下雪，与三者并作十分之春意。春，犹言生意得趣也。

增和

梅花雪里挺精神，雪色梅香总可人[5]。
春至雪中梅独绽，墙头预报小园春。

答鍾弱翁

牧童[1]

草鋪横野六七里
笛弄晚風三四聲
歸来飽飯黄昏後
不脱蓑衣卧月明

牧童

答钟弱翁[2]

草铺横野[3]六七里，
笛弄晚风三四声[4]。
归来饱饭黄昏后，
不脱蓑衣卧月明[5]。

释义

此诗牧童答弱翁，叙其悠然自得之意。草铺横野六七里，言行地之广。笛弄晚风三四声，言乐情之舒。归来当黄昏而食饱饭，不脱蓑衣而卧于月明之中，言其出有可乐，入有可安，性分自有可适[6]，而与驰逐名利者不侔[7]矣。

增和

朝出南山四五里，晚歌白石两三声。
轻蓑短笛寻常事，谁愿封侯谒圣明[8]？

注解

❶ 在刘克庄编的《千家诗》里，作者署名“牧童”。

❷ 诗题一作《牧童》。钟弱翁：钟傅，字弱翁，饶州乐平（今属江西）人，约生活在北宋末南宋初。

❸ 横野：遍野。

❹ 弄：吹奏。

❺ 蓑（suō）衣：用稻草或棕叶编织成的像衣服一样的雨具。卧月明：睡在明月下。

❻ 性分：天性，本性。适：舒适，满足。

❼ 侔（móu）：等同。

❽ 封侯：封拜侯爵，泛指博取显赫功名。谒（yè）圣明：拜见天子。

題壁

無名氏

一團茅草亂蓬蓬

驀地燒天驀地空

争似滿爐煨榾柮

慢騰騰地煖烘烘

无名氏

题壁

一团茅草乱蓬蓬[1]，
蓦地[2]烧天蓦地空。
争似满炉煨榾柮[3]，
慢腾腾地暖烘烘[4]。

释义

蓦，犹忽起也。榾柮，木根也。此因禄山之乱，故隐姓名，而题壁上。言安史之党，骚扰四方，如茅草之蓬乱，其虐焰凶势[5]，蓦地可以烧天。及灵武之兵郭子仪有收复之捷，则贼气焰又蓦地而成虚空矣。当时君子既无气势之可使，犹寒者炉中有短木，“慢腾腾地”云者，虽遇大乱，犹得以长守其富贵，而祸弗及己[6]。

增和

名园春暖长蒿蓬[7]，一旦秋风总是空。
何以松篁坚晚节[8]？凌寒不假日烘烘。

注解

❶ 乱蓬蓬：乱七八糟的样子。

❷ 蓦（mò）地：突然地。

❸ 争似：怎么比得上。煨（wēi）：用小火慢慢地烧。榾柮（gǔduò）：树根疙瘩。

❹ 慢腾腾：形容缓慢。暖烘烘：温暖宜人的样子。

❺ 虐焰：残暴的气焰。凶势：气势汹汹的样子。

❻ 祸弗及己：指远离祸乱，保全自身。

❼ 蒿（hāo）蓬：蒿和蓬，泛指杂草。

❽ 松篁（huáng）：松与竹。坚晚节：意指松竹不畏凌寒，坚守节操。

卷　二

輞川積雨　王摩詰

秋景

偶成　程明道

秋思　陸放翁

遊月陂　前賢

月夜舟中　戴石屏

中秋月　李朴

九日藍田　杜子美

新秋　杜子美

聞笛　趙嘏

與朱山人　杜子美

長安秋望　趙嘏

冬景

初冬　劉後村

自詠　韓文公

冬至　杜子美

干戈　王中

梅花　林和靖

時世行　杜荀鶴

春景

夏景

春景

奉和賈至舍人早朝大明宫

杜子美

五夜漏聲催曉箭　九重春色醉仙桃
旌旗日暖龍蛇動　宫殿風微燕雀高
朝罷香煙攜滿袖　詩成珠玉在揮毫
欲知世掌絲綸美　池上于今有鳳毛

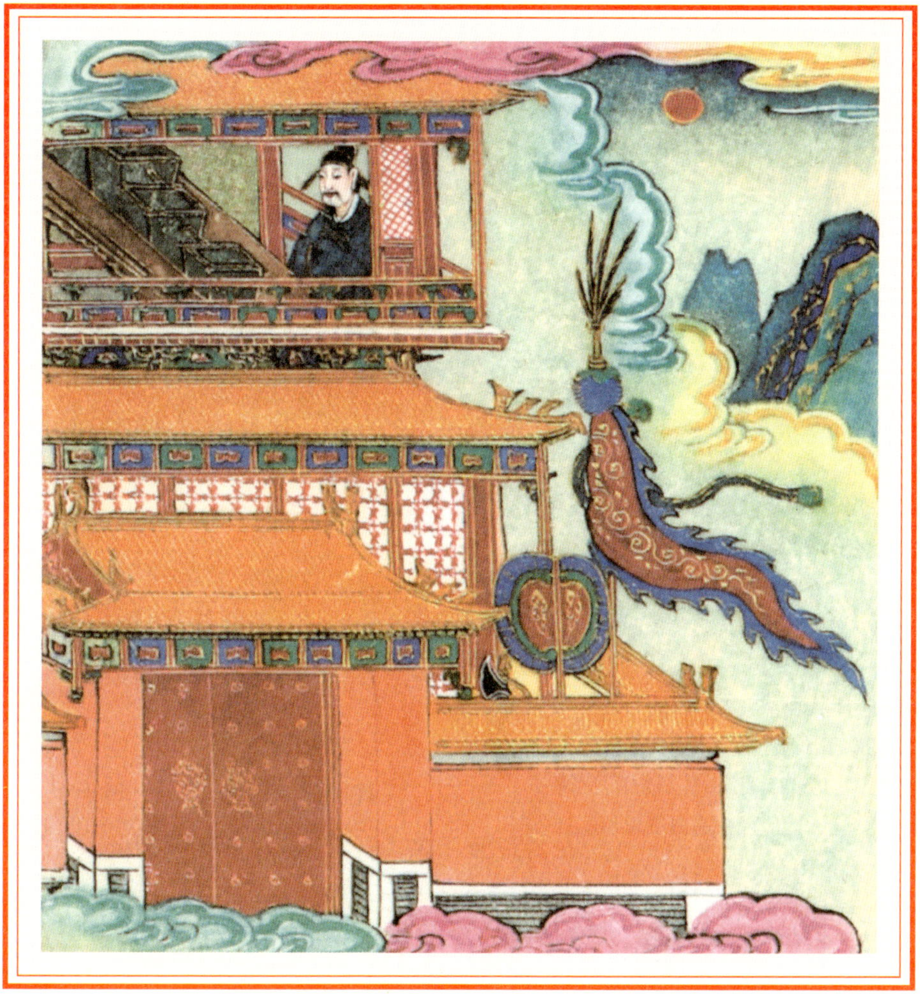

唐·杜甫

奉和贾至舍人早朝大明宫[1]

五夜漏声催晓箭[2]，
九重春色醉仙桃。
旌旗日暖龙蛇动[3]，
宫殿风微燕雀高。
朝罢香烟携满袖，
诗成珠玉在挥毫[4]。
欲知世掌[5]丝纶美，
池上于今有凤毛[6]。

注解

❶ 和（hè）：唱和，以诗词酬答。贾舍人：指贾至，唐朝时大臣，时任中书舍人，其父贾曾。早朝：朝廷的晨间朝会。大明宫：唐帝国正宫，三大宫殿之一，今仅存遗址。

❷ 五夜：五更天，即将天明。漏声：漏壶滴水的声音。

❸ 旌（jīng）旗：旗帜。龙蛇动：旗帜上绣有龙蛇一类的图案，随风飘扬，如龙蛇舞动。

❹ 珠玉：形容语言流畅，文辞华美。挥毫：提笔创作。

❺ 世掌：贾至和父亲贾曾都担任过中书舍人，负责掌管拟制皇帝的诏命，故称。

❻ 池：凤凰池，即中书省。凤毛：凤凰的羽毛，比喻珍贵的人或物，这里借指贾至的文采斐然。

❼ 青鸟：神话传说中为西王母取食传信的神鸟。

❽ 东方朔（shuò）（约前161—前93）：字曼倩，西汉文学家，武帝时为太中大夫，性格诙谐滑稽，善辞赋。

❾ 啖（dàn）：吃。

释义

五夜，汉魏以来名，夜有五，起于甲夜，止于戊，故谓五夜。箭，漏箭也。九重，天子尊居九重。仙桃，汉武帝时，有青鸟[7]集于承华殿前，帝问东方朔[8]，朔曰：“今日王母必降。”是夕母至，以桃七枚，母自啖[9]其二枚，以五枚与帝。龙蛇动，旌旗上雉尾也。丝纶，《礼记》云：“王言如丝，其出如纶。”池，谓凤凰池。贾

至，曾之子。曾尝为中书舍人，掌制诰，从明皇幸蜀[10]，为中书舍人。帝即位，贾撰策，既进稿，帝曰：“昔先帝诰命，乃父为之。今兹册命[11]，又汝为之。两朝盛典，出卿家父子，可谓继美[12]矣。”此诗首言五更之漏催晓。天尚未明，天子初视朝，其时和气满容，如食仙桃而有醉色。少焉天明，见日映旌旗上龙蛇之动，风微吹殿间，燕雀之高飞。初联早朝之事，次联大明宫之景物，三联退朝有诗，而两句就美其诗，结联即舍人之事而归美之也。

增和

水滴铜龙[13]鸣漏箭，春生丹陛[14]艳仙桃。
光浮御气龙颜近[15]，殿拥祥云[16]凤阙高。
紫绶班联排玉笋[17]，黄麻诏草染霜毫[18]。
重沾[19]雨露承恩宠，乌帽深惭鬓二毛[20]。

⑩ 幸蜀：指随唐玄宗避安史之乱到达四川；幸，皇帝亲临某地。

⑪ 册命：指册立新君的诏命。

⑫ 继美：承继前人的美德。

⑬ 铜龙：漏壶的吐水龙头，这里借指漏壶。

⑭ 丹陛：宫殿的台阶。

⑮ 御气：指帝王的气象。龙颜：借指皇帝。

⑯ 祥云：象征祥瑞的云气。凤阙：皇宫。

⑰ 玉笋：比喻耸立的山峰，这里指朝廷上人才济济，如笋般并出。

⑱ 霜毫：指毛笔。

⑲ 沾：浸湿、沾湿，指受皇帝恩惠。

⑳ 乌帽：黑帽，唐时贵族戴乌纱帽，这里借指达官贵族。二毛：鬓发有黑白两种颜色，借指年老。

答丁元珍

歐陽永叔[1]

春風疑不到天涯　二月山城未見花
殘雪壓枝猶有橘　凍雷驚筍欲抽芽
夜聞啼鴈生鄉思　病入新年感物華
曾是洛陽花下客　野芳雖晚不須嗟

北宋·欧阳修

答丁元珍[2]

春风疑不到天涯[3]，
二月山城未见花。
残雪[4]压枝犹有橘，
冻雷惊笋欲抽芽[5]。
夜闻啼雁生乡思，
病入新年感物华[6]。
曾是洛阳花下客[7]，
野芳虽晚不须嗟[8]。

注解

❶ 欧阳永叔：欧阳修（1007—1072），字永叔，号醉翁、六一居士，吉水（今属江西）人，北宋政治家、文学家、史学家。

❷ 诗题也作《戏答元珍》。丁元珍：丁宝臣，字元珍，欧阳修好友，时任峡州（今属湖北）判官。

❸ 天涯：天边，此处指峡州地处偏远。

❹ 残雪：尚未融化的雪。

❺ 冻雷：春天的雷声。这时天气未暖，还没解冻，故称。抽芽：出芽。

❻ 物华：美好的景物。

❼ 洛阳花下客：诗人自称。诗人曾在洛阳做过留守推官，洛阳盛产牡丹，园林花木十分繁盛，所以称“洛阳花下客”。

❽ 野芳：野花。嗟：叹息。

释义

洛阳，属河南府。此篇公因答元珍来晚，而寓言春意之迟。言气机[9]有定候，今我疑其春意何不到天涯，此首句，作一总目。何以见其不到也？二月山城，花犹未发，况残雪尚压花枝未融，橘在树尚未落，雷惊冻未鸣，笋抽芽未长。若此者，疑乎春风之未到也。闻啼雁而悲愁，故生思乡之意。病入新年，故感慨景物华美，时序之一新。由是又自解曰：我曾是为洛阳花下之赏客，野外芬芳之春色虽晚，又何须嗟？

增和

记日参商[10]各一涯，彩毫无复梦生花[11]。
消愁酒酌葡萄绿，破闷茶烹粟粒芽。
孤馆信知空岁月[12]，浮生徒自[13]老年华。
故人千里不相见，搔首临风几叹嗟。

⑨ 气机：天地运行的自然规律。

⑩ 参（shēn）商：参星和商星。参星居西方，商星居东方，两星位在东西两方，且不同时在天空出现，比喻亲友分隔两地，不得相见。

⑪ 彩毫：彩笔，这里指绚丽的文笔。梦生花：即“梦笔生花”，传说李白少时梦见所用之笔头上生花，后来其诗名闻天下，比喻人才思敏捷，文章佳妙。

⑫ 孤馆：孤寂的客舍。信知：深知，确知。

⑬ 徒自：白白地。

上元

蔡君謨[1] 名襄。宋慶曆初以文章鳴當時

高列千峯寶炬森，端門方喜翠華臨。
宸遊不爲三元夜，樂事還同萬衆心。
天上清光留此夕，人間和氣閣春陰。
要知盡慶華封祝，四十餘年惠愛深。

上元遊賞

北宋·蔡襄

上元[2]

高列千峰宝炬森[3]，
端门方喜翠华临[4]。
宸游不为三元夜[5]，
乐事还同万众心。
天上清光[6]留此夕，
人间和气阁春阴[7]。
要知尽庆华封祝[8]，
四十余年惠爱深。

注解

❶ 蔡君谟：蔡襄（1012—1067），字君谟，兴化仙游（今属福建）人，北宋诗人、书法家。

❷ 诗题也作《上元应制》。应制：奉皇帝之命作诗。

❸ 千峰：峰峦多，指元宵节时彩灯堆叠成山，像鳌（áo）山密布。宝炬：宝灯。森：排列耸立。

❹ 端门：宫殿正门。方：正在。翠华：用翠鸟羽毛作为装饰的旗帜和车盖，为皇帝出行时所用，这里借指皇帝的车驾。

❺ 宸（chén）游：皇帝巡游。三元：农历正月、七月、十月的十五日分别为上元、中元、下元，合称三元，这里指上元。

❻ 清光：皎洁明亮的光辉，这里指明月。

❼ 和气：祥气。阁：通“搁”，停留。春阴：春天的时光。

❽ 华封祝：传说尧经过华州，华州封人（守边疆的人）祝他长寿、富有、多子，后人称为华封三祝。

❾ 银花火树：形容灯火通明灿烂的节日夜景。森森：形容繁密的样子。

释义

此诗襄在朝，而赋上元景物之盛，君臣同玩之乐。千峰，谓鳌山之布密。宝炬，灯烛也。端门，天子正南之门。翠华，御驾也。宸游，天子出游，谓之宸游。三元，谓上元、中元、下元。华封祝，华封人祝圣人，欲其富、寿、多男子。此诗言天子出游，则见鳌山之高密，灯烛之繁簇。既喜共御辇之幸临，又言

天子非为三元而出，好逢时作乐，且所乐同万众之人心，与民同也。由是又遇良宵佳景，在天上有月色之清朗，在人间有春意之融和。自是臣子感君上之恩，效华封之祝，欲其君之年寿龄长，沾恩久远矣。

增和

银花火树总森森[9]，凤辇香车喜并临[10]。

游玩克随黎庶[11]赖，观光同乐万方[12]心。

声传弦管鸣高调，彩结鳌山锁翠阴。

此夕金吾尽弛禁[13]，追欢[14]莫惜五更深。

⑩ 凤辇（niǎn）：华贵的车驾，这里指皇帝的车驾。香车：用香木做的车，泛指华美的车轿。

⑪ 黎庶：百姓、民众。

⑫ 万方：指普天之下。

⑬ 金吾：古代官名，负责皇宫警卫、仪仗以及掌管京城治安的武官，其名称历代各有不同，汉有执金吾，唐有金吾卫。弛禁：开放夜禁；金吾掌管京城警卫，禁止夜行，唯于每年的正月十五日开放夜禁。

⑭ 追欢：犹寻欢。

上元應制

王禹玉[1]

名珪。宋慶曆中試學士院及第

雪消華月滿仙臺　萬燭當樓寶扇開
雙鳳雲中扶輦下　六鰲海上駕山来
鎬京春酒霑周宴　汾水秋風陋漢才
一曲昇平人盡樂　君王又進紫霞杯

北宋·王珪

上元应制

雪消华月满仙台[2]，
万烛当楼宝扇开[3]。
双凤[4]云中扶辇下，
六鳌[5]海上驾山来。
镐京春酒沾周宴[6]，
汾水秋风陋汉才[7]。
一曲升平人尽乐[8]，
君王又进紫霞杯[9]。

注解

❶ 王禹玉：王珪（guī）（1019—1085），字禹玉，成都华阳（今属四川）人，北宋文学家。

❷ 华月：明亮的月光。仙台：宫殿的楼台。

❸ 当楼：对着楼台。宝扇：皇帝御驾两旁的宫扇，这里是皇帝的仪仗。

❹ 双凤：皇帝御驾前画有凤凰的一对扇牌。

❺ 六鳌：传说中海上有三座仙山，下面有六只大海龟驮着，这里是指灯景鳌山是仙山。

❻ 镐（hào）京：西周都城。周宴：周武王在镐京大宴群臣，这里借指皇帝在元宵佳节宴请群臣。

❼ 汾水秋风：昔日汉武帝巡游山西，在汾水大宴宾客，作《秋风辞》。陋汉才：汉武帝君臣才能浅陋，比不上现在的盛会，以此反衬君臣在宴会上赋诗的盛况。

❽ 升平：太平；一说作《万岁升平曲》，是歌颂天下太平的曲子。尽：一作“共”。

❾ 进：一作“尽”。

释义

仙台，若神仙之台，言景致佳丽也。宝扇，御扇，饰以金玉于其上。凤辇，天子御辇，刻凤辅辇。六鳌，东海有方壶、蓬莱等山，无根住连，随波上下，上帝命策六鳌戴之。镐京，武王建都处，今属河南。汾水，汾河，汉武帝游幸之处。紫霞杯，琥珀为之，似紫霞。此诗为奉制命而作，言积雪消融，而月明仙台，万烛楼中，宝扇两开。天子在坐上，双凤云中而扶辇，言车驾从高而下，以应宝扇开也。六鳌海上驾山来，言鳌山之高，以应万烛当楼也。三联引周武王之事，言今君臣宴食之美盛，非如汉武帝宴群臣于汾水，酒酣作《秋风赋》之陋。末颂有《升平》一曲，与民同乐，又进紫霞杯，以罄情[10]尽饮也。

增和

星月光辉烛上台，玉连火树宝莲开。
翠娥揽辔六龙御[11]，游客吹箫引凤来[12]。
沾宴承恩知有幸，调元赞化愧非才[13]。
万方共乐雍熙[14]治，黼座[15]遥斟万寿杯。

⑩ 罄（qìng）情：尽情。

⑪ 翠娥：美女，这里指宫女。揽辔（pèi）：挽住马缰绳。六龙：古代天子的车驾为六匹马，马八尺称龙，因此为天子车驾的代称。御：驾车。

⑫ 吹箫引凤：典出西汉刘向《列仙传》："箫史者，秦穆公时人也。善吹箫，能致孔雀白鹤于庭。穆公有女，字弄玉，好之，遂以女妻焉。日教弄玉作凤鸣。居数年，吹似凤声，凤凰来止其屋。公为作凤台，夫妇止其上，不下数年。一旦皆随凤凰飞去。"

⑬ 调元：调和阴阳，这里指执掌大政。赞化：赞助教化。

⑭ 雍熙：和乐升平的样子。

⑮ 黼（fǔ）座：皇帝御座，因其座后设绣有斧形的屏风，故名。这里借指皇帝。

插花吟

邵康節[1]

名雍，字堯夫，居洛陽，自號安樂先生，贈秘書少著作郎，元祐中賜謚康節

頭上花枝照酒卮　酒卮中有好花枝
身經兩世太平日　眼見四朝全盛時
況復筋骸粗康健　那堪時節正芳菲
酒涵花影紅光溜　爭忍花前不醉歸

三元御宴

北宋 · 邵雍

插花吟

注解

❶ 邵康节：邵雍（1011—1077），字尧夫，自号安乐先生、伊月翁，北宋著名理学家。著作郎：古代官名，秘书监官职，参与汇编宫中日历（每日时事）等。

❷ 卮（zhī）：一种盛酒的器皿。

❸ 两世：古代称三十年为一世，两世即六十年。

❹ 四朝：指诗人身历北宋真宗、仁宗、英宗和神宗四代皇帝。

❺ 况复：况且又。筋骸（hái）：筋骨。粗：大体上。

❻ 那堪：即“哪堪”，何况的意思。

❼ 涵：浸润，映照。溜：浮动。

❽ 争忍：怎能忍受。

头上花枝照酒卮[2]，
酒卮中有好花枝。
身经两世[3]太平日，
眼见四朝[4]全盛时。
况复筋骸粗康健[5]，
那堪时节正芳菲[6]。
酒涵花影红光溜[7]，
争忍[8]花前不醉归。

释义

卮，酒杯，以角为之。两世，父子两代。四朝，谓四帝继承。芳菲，景色华丽。此诗为插花饮酒而吟。首二句言花酒相映之有美趣；次联言父子身历太平，贤君继作；三联言既有身体康健，时节芳菲，当逢时作乐；末再提出酒卮花影，涵映溜滴之美，争忍得舍花酒，而不尽情以醉归乎？此康节得性分[9]之真乐也。

增和

花插盈头酒满卮，酒浮碧色映花枝。
宠逢海宇澄清[10]日，幸值明良际遇[11]时。
醉里相看花艳丽，庭前日喜景芳菲。
有花有酒应堪乐，拚却樽前酩酊归[12]。

⑨ 性分：天性、本性。

⑩ 海宇澄清：普天之下，政治清明，国泰民安。

⑪ 明良际遇：指贤明的君主和忠良的臣子相得甚欢，适逢其时。

⑫ 拚却：豁出去，不顾。酩酊（mǐngdǐng）：大醉的样子。

寓意

晏同叔[1]

名殊。七歲能屬文。除正字。居秘閣

油壁香車不再逢　峽雲無跡任西東

梨花院落溶溶月　柳絮池塘淡淡風

幾日寂寥傷酒後　一番蕭索禁烟中

魚書欲寄何由達　水遠山長處處同

北宋·晏殊

寓意[2]

油壁香车[3]不再逢，
峡云[4]无迹任西东。
梨花院落溶溶[5]月，
柳絮池塘淡淡[6]风。
几日寂寥伤酒后[7]，
一番萧索禁烟中[8]。
鱼书欲寄何由达[9]，
水远山长处处同。

注解

❶ 晏同叔：晏殊（991—1055），字同叔，临川（今属江西）人，北宋著名婉约派词人。除正字：任命为秘书省正字；除，任命、授予官职；正字，官名，与校书郎同主雠校典籍，刊正文章。

❷ 寓意：寄托或蕴含的旨意，不便明言。

❸ 油壁香车：油壁指因车厢用油涂饰，这里指美人乘坐的华贵车子。

❹ 峡云：巫山上空的云彩，此处借用宋玉《高唐赋》中楚襄王梦中与巫山神女相会的典故。

❺ 溶溶：月光似水一般缓缓流动。

❻ 淡淡：微风轻拂的样子。

❼ 寂寥：寂寞。伤酒：饮酒过量导致身体不舒服。

❽ 萧索：荒凉，冷落。禁烟：指寒食节禁火。

❾ 鱼书：指书信。何由达：怎么才能寄到。

❿ 尺素：书写用的一尺长左右的白色生绢，借指短的书信。

释义

油壁香车，以香木为之，美人所乘之车也。鱼书，古文云："呼童烹鲤鱼，中有尺素[10]书。"古以鱼雁能传书。同叔以所怀故人，乃寓意于诗。首言以遇之人，今不复再见，如峡之云无踪迹，任其自散于东西。其在梨花院落赏月之时，柳絮池塘吟风之乐，尚悬所思。而况于寂寥伤酒之后，禁烟萧索之中，景色凄凉，思慕之，其伤情愈甚矣，即《长恨歌》。唐明皇思贵妃所谓“春风桃李花开夜，秋雨梧桐叶落时”，即此意味也。复叹其书信欲寄无由得到，只为水远山长之阻隔故也。

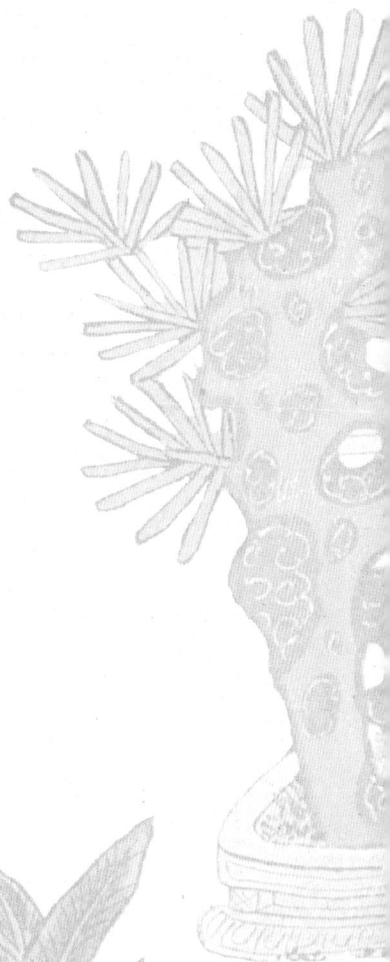

寒食書事

趙元鎮[1]

寂寂柴門村落裏　也教插柳記年華
禁煙不到粵人國　上冢亦攜龐老家
漢寢唐陵無麥飯　山溪野逕有梨花
一樽徑籍青苔臥　莫管城頭奏暮笳

南宋 · 赵鼎

寒食书事[2]

寂寂[3]柴门村落里，
也教插柳记年华[4]。
禁烟不到粤人国[5]，
上冢亦携庞老家[6]。
汉寝唐陵无麦饭[7]，
山溪野径有梨花。
一樽径藉青苔卧[8]，
莫管城头奏暮笳[9]。

注解

❶ 赵元镇：赵鼎（1085—1147），字元镇，自号得全居士，解州闻喜（今属山西）人，南宋初年文学家、宰相，被称为南宋中兴贤相之首。

❷ 诗题也作《寒食》。书事：记事。

❸ 寂寂：清净冷落的样子。

❹ 也教：也要。插柳：寒食节有在门上插柳的习俗。记：标记，一作“纪”。

❺ 粤人国：指广东、广西地区。

❻ 上冢（zhǒng）：上坟扫墓。庞老：即庞德，东汉时隐居在湖北襄阳鹿门山，清明时，携全家老小上山扫墓，这里指人们像庞德一样携全家扫墓。

❼ 汉寝唐陵：指汉唐时代皇帝的陵墓。麦饭：磨碎的麦煮成的饭，这里指祭品。

❽ 一樽：一杯酒。藉（jiè）：枕着，倚靠。

❾ 暮笳（jiā）：傍晚关城门前催促进城的笳声；笳，源于北方少数民族的一种吹奏乐器。

❿ 韶华：时节，时光。

释义

村落里，乡村之里。寂寂，人家稀少而静僻。插柳，古者寒食日，插柳于门。庞老，庞德公，携妻子登鹿门山采药，不反。陵寝，帝王之墓。笳，胡人卷芦叶吹之。此诗因寒食日遇村落而书其事也。言虽以寂寞之村落，尚知插柳以记节之韶华[10]。二联言南粤无禁烟火之俗，故曰“不到”；庞公有上冢之礼，故言“亦携”。

第三联言汉朝之寝、唐国之陵，虽曰帝坟，然世远人绝，无麦饭以祭扫之；不如山溪野径，虽为村乡，则有梨花之艳，可以适情[11]。其寂寂之景如此，不若饮一樽而醉卧于青苔之上，忘怀[12]自乐，不顾城头日暮以奏笳也。

增和

乌飞兔走乾坤里，寒食时逢值岁华。
野火莫藏红杏树，轻烟散入野人[13]家。
江山处处鸣啼鸟，苑囿[14]纷纷舞落花。
陌上酒浓聊自醉[15]，莫教日暮动悲笳。

⑪ 适情：顺适性情。
⑫ 忘怀：不放在心上，无拘无束。
⑬ 野人：居住在郊野的平民。
⑭ 苑囿（yòu）：皇家花园。
⑮ 陌上：田间小路。聊：姑且。

清明

黄山谷[1]

名庭堅，字魯直，豫章人。宋元祐中爲太史

佳節清明桃李笑　野田荒塚只生愁
雷驚天地龍蛇蟄　雨足郊原草木柔
人乞祭餘驕妾婦　士甘焚死不公侯
賢愚千載知誰是　滿眼蓬蒿共一丘

嘆思故人

北宋 · 黄庭坚

清明

佳节清明桃李笑[2]，
野田荒冢[3]只生愁。
雷惊天地龙蛇蛰[4]，
雨足郊原[5]草木柔。
人乞祭余骄妾妇[6]，
士甘焚死不公侯[7]。
贤愚千载知谁是[8]，
满眼蓬蒿共一丘[9]。

注解

❶ 黄山谷：黄庭坚（1045—1105），字鲁直，号山谷道人，洪州分宁（今属江西）人，北宋诗人、书法家。

❷ 桃李笑：形容桃花李花盛开。

❸ 荒冢：无人管理而杂草蔓生的坟墓。

❹ 龙蛇蛰（zhé）：龙蛇奋动。蛰，动物冬眠时藏起来不食不动，这里指起蛰。

❺ 郊原：郊外，原野。

❻ 人乞祭余骄妾妇：出自《孟子》，是说齐国有一人在坟墓前乞食祭品充饥，回到家却在妻妾面前夸耀是富人请客。此处用以讽刺恬不知耻。

❼ 士甘焚死不公侯：语出介子推不贪恋富贵、宁可被火烧死也不出山的典故；不公侯，不愿做官。

❽ 是：正确。

❾ 共一丘：同在一块土丘。

❿ 割股以食之：割大腿肉，以供重耳（晋文公）食用。

⓫ 反国：返国。

释义

野田，山野之田。荒冢，荒野之冢也，睹此景则生愁。雷惊，雷震动也。蛰，藏也。雷动，则龙蛇之藏者皆奋动。柔，华丽也。人乞祭余骄妾妇，《孟子》所谓“乞其余，不足云云……施施从外来，骄其妻妾”是也。“士甘焚死不公侯”，晋文公名重耳，出奔十九年而后反国。尝饥于曹，介子推割股以食之[10]，及反国[11]，

赏从亡者狐偃、赵衰、颠颉、魏犨，而不及子推。子推之从人[12]，悬书于门曰："有龙矫矫[13]，倾失其所。五蛇[14]从之，周流[15]天下。龙饥乏食，一蛇割股。龙反于渊，安其壤土。四蛇入穴[16]，皆有所处。一蛇无穴，号于中野[17]。"公悟曰："寡人之过也。"使人求之不得，隐绵山[18]中，焚其山，子推死焉。时人禁烟火，为之寒食。蓬蒿，二草名。前四句言清明之景。第五联言子推之廉节，齐人之贪昧。第七句贤愚，顶上二句，子推之贤，齐人之愚，言贤愚至世远难辩，只见满眼蓬蒿共一土丘而已。

⑫ 从人：随从，仆人。

⑬ 矫矫：超凡脱俗，不同凡响。

⑭ 五蛇：指狐偃、赵衰（cuī）、颠颉（xié）、魏犨（chōu）、介子推五人。

⑮ 周流：周转，流亡。

⑯ 入穴：指拥有赏赐，有官位。

⑰ 号（háo）：拖长声音大声呼叫。中野：原野之中。

⑱ 绵山：中国寒食节发源地，在今山西介休，又名介山。

增和

红紫芳菲花献笑，清明郊野使人愁。
雨催南圃桃葩落，风摆西园柳絮柔。
叠叠荒坟多士庶，累累新冢有公侯。
兴亡今古滔滔事，贵贱同归一土丘。

清明日

高翥[1]

南北山頭多墓田　清明祭掃各紛然

紙灰飛作白蝴蝶　淚血染成紅杜鵑

日落狐狸眠塚上　夜深兒女笑燈前

人生有酒須當醉　一滴何曾到九泉

清明祭塚

南宋·高翥[1]

清明日[2]

南北山头多墓田[3]，
清明祭扫各纷然[4]。
纸灰[5]飞作白蝴蝶，
泪血[6]染成红杜鹃。
日落狐狸眠冢上，
夜深[7]儿女笑灯前。
人生有酒须当[8]醉，
一滴何曾到九泉[9]。

注解

❶ 高菊磵（jiàn）：高翥（zhù）（1170—1241），原名公弼，字九万，号菊磵、菊卿、信天，余姚（今属浙江）人，南宋著名诗人。

❷ 诗题也作《清明》。

❸ 墓田：坟地。

❹ 纷然：众多繁忙的样子。

❺ 纸灰：给死者烧的纸钱化成的灰。

❻ 泪血：这里借用杜鹃啼血的典故。

❼ 夜深：通行本作“夜归”。

❽ 须当：应当。

❾ 九泉：又称黄泉，地下深处，人死后埋葬的地方，借指阴间。

❿ 虚文：不切实用、没有意义的礼节。

释义

扫，芟除去荒草也。纷然，人多。纸灰飞作白蝴蝶，所焚之纸，因风飘起，如蝴蝶之飞。啼泪染在唇口，如杜鹃之啼血。狐狸，妖兽，形如猫，性多疑。“夜归儿女笑灯前”，见祭祀之礼，皆虚文[10]矣。末复叹言人生世间，有酒当尽欢而醉以怡情，一滴之少，何曾得入于九泉之下哉？

郊行即事

程明道

芳原綠野恣行時　春入遥山碧四圍
興逐亂紅穿柳巷　困臨流水坐苔磯
莫辭盃酒十分醉　秪恐風花一片飛
況是清明好天氣　不妨游衍莫忘歸

北宋·程颢

郊行即事

注解

❶ 恣行：尽情游览。恣，肆意、放纵。

❷ 遥山：远山。碧四围：绿满原野。

❸ 兴：乘兴。乱红：落花。

❹ 困：困乏。苔矶：水边长有青苔的石头。

❺ 莫辞：不要推辞。杯酒：通行本作“盏酒”。醉：通行本作“劝”。

❻ 游衍：沉迷于游乐。

芳原绿野恣行[1]时，
春入遥山碧四围[2]。
兴逐乱红穿柳巷[3]，
困临流水坐苔矶[4]。
莫辞杯酒十分醉[5]，
只恐风花一片飞。
况是清明好天气，
不妨游衍[6]莫忘归。

释义

恣，尽意也。困，疲倦也。矶，水边之石，钓鱼之处。妨，害也。游衍，谓宽怀而行乐。先生郊行，即其所事而为诗。言恣意游玩之时，则见远山四面，青碧如围。逐红穿柳，则有艳阳之色。临流水，坐苔矶，则有清幽之趣可玩。杯酒十分满，莫辞其醉。风花一片之少，只恐其落，言佳景之可惜也。结言况是清明天气之美丽，虽游愆而归迟，亦无害也。

增和

散步郊原雨霁时，云云森柳[7]四周围。

乔松林下循樵径[8]，流水边溪玩钓矶[9]。

片片野花成子落，双双社燕引雏飞[10]。

良辰正好闲游衍，杜宇无端慢促归。

❼ 云云：众多的样子。

❽ 樵径：打柴人走的小道。

❾ 钓矶：钓鱼时坐的石头。

❿ 社燕：燕子春社时飞来，秋社时飞走，故称。雏：小燕子。

鞦韆

洪覺範[1]

畫架雙裁翠絡偏　佳人春戲小樓前
飄揚血色裙拖地　斷送玉容人上天
花板潤沾紅杏雨　綵繩斜掛綠楊煙
下來閑處從容立　疑是蟾宮謫降仙

鞦韆春戲

北宋·僧惠洪[1]

秋千

画架双裁翠络偏[2]，
佳人春戏小楼前。
飘扬血色[3]裙拖地，
断送玉容人上天[4]。
花板[5]润沾红杏雨，
彩绳斜挂绿杨烟。
下来闲处从容立[6]，
疑是蟾宫谪降仙[7]。

注解

❶ 洪觉范（1071—1128）：即僧惠洪，俗姓彭，名觉范，筠州（今属江西）人，北宋诗僧。

❷ 画架：装饰精美的秋千架。翠络：绿色的秋千绳。

❸ 血色：鲜红色，形容红裙。

❹ 断送：发送。玉容：美丽的容颜，这里指荡秋千的美女。

❺ 花板：秋千架上雕刻花纹的踏板。

❻ 闲处：幽静处。从容：悠闲舒缓的样子。

❼ 蟾宫：指月亮，传说月中有蟾蜍，故称。谪降仙：贬入凡间的仙女。

释义

秋千，事见东坡《春宵》前注。翠络，即翠绳。血色，红裙也。此诗专咏秋千。第三四句咏人之美。言衣裙鲜红，飘扬拖地之长。玉容，美貌。断送，如上天之高。第五六句联言物之丽。足踏之花板，则润沾红杏花雨；手执之彩绳，则斜挂绿杨之烟。结复言秋千玩罢，下来从容而立，则见其鲜裳美貌，如月宫降下之仙娥也。

曲江

杜子美

一片花飛減却春　風飄萬點正愁人
且看欲盡花經眼　莫厭傷多酒入唇
江上小堂巢翡翠　苑邊高塚臥麒麟
細推物理須行樂　何用浮名絆此身

唐·杜甫

曲江[1]·其一

一片花飞减却春[2]，
风飘万点[3]正愁人。
且看欲尽花经眼[4]，
莫厌伤[5]多酒入唇。
江上小堂巢翡翠[6]，
苑边高冢卧麒麟[7]。
细推物理须行乐[8]，
何用浮名绊此身[9]。

释义

此诗为伤春感时事而增慨也。言花落一片，已减春色，况风飘万点，花下将尽，正使人之伤愁。今看欲尽之花，当剧饮[10]以赏余春，莫厌入唇之酒而伤多也。第二联亦因暮春而感触人事之变，意谓曲江风景，昔日佳丽，被禄山乱后，无如旧时。堂无人居，故翡翠巢其上；冢荒废，故野兽卧其处，即所谓“汉朝宫阙皆陵

注解

❶ 诗题也作《曲江对酒》。曲江：即曲江池，在今陕西西安城东南郊，为唐时长安有名的游赏之地。

❷ 减却春：消减春色。

❸ 万点：形容落花之多。

❹ 欲尽：花即将开完。花经眼：花在眼前散落。

❺ 伤：伤感，忧伤。

❻ 巢翡翠：翠鸟筑巢。翡翠：水鸟名，又称翠鸟。

❼ 高冢：高大的坟墓。麒麟：传说中的神兽，这里指石麒麟。

❽ 推：推究。物理：事物兴衰变化的道理。行乐：作乐。

❾ 浮名：虚名。绊此身：束缚自身。

❿ 剧饮：痛饮，豪饮。

寝，魏国山河半夕阳”之意也。末结言细推物理之变迁如此，当安分作乐，虚浮之名利，何得羁绊此身乎？

增和

啼鸟声中催暮春，落花偏恼惜花人。
新诗遗恨频留兴，旧酒消愁谩入唇。
笑玩沙汀眠水鸟，几时郊野出群麟。
人生得酒须当醉，过隙白驹[11]老此身。

⑪ 过隙白驹：即白驹过隙，像白色的骏马在缝隙前飞快地穿过，比喻时间过得很快。

其二

前賢

朝回日日典春衣　每日江頭盡醉歸
酒債尋常行處有　人生七十古來稀
穿花蛺蝶深深見　點水蜻蜓款款飛
傳語風光共流轉　暫時相賞莫相違

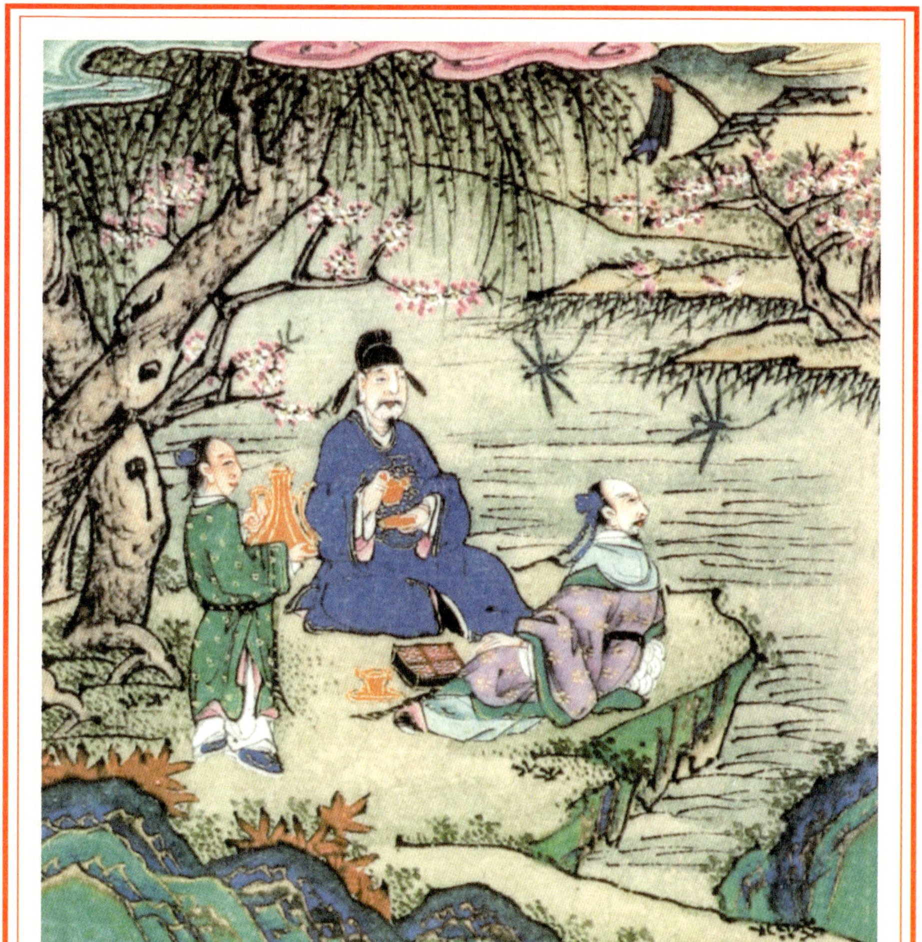

唐·杜甫

曲江·其二

朝回日日典春衣[1]，
每日江头尽醉归[2]。
酒债寻常行处有[3]，
人生七十古来稀[4]。
穿花蛱蝶深深见[5]，
点水蜻蜓款款[6]飞。
传语风光共流转[7]，
暂时相赏莫相违。

注解

❶ 朝（cháo）回：上朝后回来。典：典当。

❷ 江头：这里指曲江边。尽：尽是。

❸ 酒债：赊欠的酒钱。寻常：平常。行处：到处。

❹ 七十古来稀：后以古稀之年称七十岁。

❺ 蝴蝶：通行本作“蛱（jiá）蝶”。深深见（xiàn）：在花丛深处若隐若现；见，通“现”。

❻ 款款：缓慢地。

❼ 传语：传话给。风光：春光。

❽ 质：质押。缊（yùn）袍：以乱麻棉絮做成的袍子，指粗恶的衣服。

释义

典春衣，古人有典衣沽酒。言债，孙济不治产业，尝醉谓人曰：寻常欠人酒债，欲质此缊袍偿之[8]。稀，少也。蝴蝶，花中之虫。蜻蜓，水面之虫，春时多出。此诗亦居曲江而赋。第一联言酒债寻常可得，人生至七十，自古稀少，所以每日江头之醉饮也。第五、六句联写曲江之景，有穿花之蝴蝶，点水之蜻蜓，言物情之得趣，有契[9]于吾心之意，可以酌赏。末二句言人事与风光之景共流转，暂时相赏，当逢时作乐，不可虚度也。

增和

得价香醪[10]竟典衣，江头日日醉扶归。
人生渐见朱颜[11]改，鬓脚俄惊[12]黑发稀。
滩下潺潺[13]流水急，风中片片落花飞。
樽前好称[14]寻常乐，莫待韶华与我违。

⑨ 契：契合，相合。

⑩ 香醪（láo）：美酒。

⑪ 朱颜：红润的容颜，这里指年轻的容貌。

⑫ 俄惊：突然发觉。

⑬ 潺（chán）潺：形容流水声。

⑭ 称（chēng）：举杯。

旅懷

崔塗[1]

水流花謝兩無情　送盡東風過楚城
蝴蝶夢中家萬里　杜鵑枝上月三更
故園書動經年絕　華髮春惟兩鬓生
自是不歸歸便得　五湖煙景有誰爭

唐 · 崔涂[1]

旅怀[2]

水流花谢两无情，
送尽东风过楚城[3]。
蝴蝶梦中家万里[4]，
杜鹃枝上[5]月三更。
故园书动经年绝[6]，
华发春催[7]两鬓生。
自是不归归便得[8]，
五湖烟景有谁争[9]。

注解

❶ 崔涂（生卒年不详）：字礼山，桐庐（今属浙江）人，晚唐诗人。

❷ 诗题一作《春夕旅怀》《春夕旅梦》。旅怀：客居异乡的情思。

❸ 楚城：泛指楚地，在今湖南、湖北一带。

❹ 蝴蝶梦：指梦。此句借用庄周梦蝶的典故，指庄周曾梦见自己变成一只飞舞的蝴蝶。

❺ 杜鹃枝上：化用杜鹃啼血的典故。

❻ 故园：故乡。动：动辄。经年：常年。绝：音信断绝。

❼ 华发春催：指光阴易逝，催人白发。华发，斑白的头发。

❽ 自是：本来。归便得：要回去也可以回去。

❾ 五湖：这里借指诗人的家乡太湖一带。烟景：良辰美景。

❿ 淹留：久留，长期逗留。旅邸：旅馆。

释义

无情，言忽然即去，不可复留。蝴蝶梦，出庄周。杜鹃，花名。故园，故乡也。经年，言其久绝无也。华发，少年华茂之发。五湖，范蠡扁舟游五湖，谓洞庭湖、彭泽湖、青草湖、云梦湖、巴丘湖。此诗因淹留旅邸而赋也[10]。首言水流花谢，二者本无情之物，在旅久，只见水流花谢，时序之变迁。次联因梦中而思家之远，见月色而觉更之深，言旅邸之凄凉也。三联言家书久绝，鬓容衰老。末叹其不欲即归，苟欲便归，即五湖烟波之景有谁敢与争者乎？

增和

晚上歌楼纵酒情，倚栏极目[11]望山城。
家书久绝路千里，好梦难成夜几更。
愁绪结来心欲碎，归情动处翼将生。
故园应有莼鲈[12]美，回首秋风孰与争？

⑪ 极目：穷尽目力，眺望远方。

⑫ 莼鲈（chún lú）：莼羹和鲈鱼。典出《世说新语》，晋代吴郡人张翰在洛阳做官，有一日看见秋风起，便想起家乡的鲈鱼和莼羹正是味美的时候，于是弃官回乡。这里借用典故指怀念故乡的心情。

答李儋

韋蘇州

去年花裏逢君别
今日花開又一年
世事茫茫難自料
春愁黯黯獨成眠
身多疾病思田里
邑有流亡愧俸錢
聞道欲来相問訊
西樓望月幾回圓

唐·韦应物

答李儋[1]

去年花里[2]逢君别，
今日花开又一年。
世事茫茫[3]难自料，
春愁黯黯[4]独成眠。
身多疾病思田里[5]，
邑有流亡愧俸钱[6]。
闻道欲来相问讯[7]，
西楼望月几回圆。

注解

❶ 诗题一作《答李儋元锡》。李儋（dān）：武威（今属甘肃）人，唐朝宗室，曾官至殿中侍御史。
❷ 花里：花开时节。
❸ 茫茫：不明朗。
❹ 黯黯：忧愁沮丧、心神暗淡的样子。
❺ 田里：借指故乡。
❻ 邑：城市，这里指诗人主政的地方。流亡：指老百姓离散逃亡。愧俸钱：愧对俸禄。
❼ 闻道：听说。问讯：探望。
❽ 料度：预想、揣度。
❾ 奈：怎奈。
❿ 苟禄：指为官无功而受俸禄。
⓫ 悬望：盼望、挂念。

释义

黯黯，伤别惨切之意。此诗答李儋，因寓自谦之意。言世事不定，难以料度[8]。春愁云者，因伤别而致愁，寂寞孤眠而已。第三联言本欲弃官而归田里，奈[9]新治之邑，民有流亡，享俸而有愧其为苟禄[10]也。末言且闻尔亲来访问，又不见至，徒使我悬望[11]。光阴转迈，惟见月几回之圆缺而已。

增和

昔日与君同话别，寥寥[12]虚度此芳春。
青毡木榻寻常坐[13]，纸帐[14]梅花体自眠。
庭院昼长飞柳絮，阑阶雨过长苔钱[15]。
相思两地不相见，空对南楼望月圆。

⑫ 寥寥：孤独、空虚。

⑬ 青毡：青色毛毯。木榻：一种狭长的木床，可供坐卧。这里指清贫安闲的生活。

⑭ 纸帐：以藤皮茧纸缝制的帐子，顶不用纸，以稀布为顶，取其透气，帐上常绘有梅花，情致清雅。

⑮ 苔钱：苔藓圆形如钱，故称。

夏景

江村

杜子美

清江一曲抱村流　長夏江村事事幽
自去自来堂上燕　相親相近水中鷗
老妻畫紙為棋局　稚子敲針作釣鈎
多病所須惟藥物　微軀此外更何求

唐·杜甫

江村[1]

注解

❶ 诗题也作《清江》。清江：指浣花溪，在成都城西。

❷ 抱：围绕。

❸ 长夏：悠长的夏日。幽：幽静，闲适。

❹ 棋局：棋盘。

❺ 稚子：小儿子。

❻ 此句也作"但有故人供禄米"。

❼ 微躯：微贱的身躯。这里作谦词，指诗人自己。

清江一曲抱[2]村流，
长夏江村事事幽[3]。
自去自来堂上燕，
相亲相近水中鸥。
老妻画纸为棋局[4]，
稚子[5]敲针作钓钩。
多病所须惟药物[6]，
微躯[7]此外更何求。

释义

此诗亦赋草堂之景也。抱村流，曲江之水，围村而流。当夏之时，江村之景物，事事之幽雅。下六句，正见其事事幽也。燕、鸥，言事物之幽。棋局、钓钩，言人事之幽。燕之自去自来，见物之得其所也；鸥之相亲相近，见公之与物相忘也。妻子各为嬉戏之具，见公之俯仰无累，妻子饱暖而乐也。末言多病所用者，惟药石[8]以治之。自此之外，更无他求。

则公廉靖[9]之节，称此江村之幽美也。

增和

湛湛[10]澄江心水流，江村风景足清幽。

黄金梭掷[11]柳间鸟，白雪常浮水面鸥。

少妇缫丝[12]频煮茧，儿童抛饵谩垂钩[13]。

白沙翠竹娱情美，养拙[14]何须分外求。

❽ 药石：治病的药剂和砭石，泛指药物。

❾ 廉靖：谦恭逊让。

❿ 湛湛：水深的样子。

⓫ 黄金梭掷：指黄莺穿梭于柳树间，时而上，时而下。

⓬ 缫（sāo）丝：把蚕茧煮过后抽出丝来。

⓭ 垂钩：垂钓。

⓮ 养拙：谦词，自谓才力不称职而不为人知或不使人知。

夏日

張文潛[1]

長夏江村風日清　簷牙燕雀已生成
蝶衣曬粉花枝午　蛛網添絲屋角晴
落落疏簾邀月影　嘈嘈虛枕納溪聲
久斑兩鬢如霜雪　直欲樵漁過此生

宋·张耒

夏日

长夏江村风日清，
檐牙[2]燕雀已生成。
蝶衣晒粉花枝午[3]，
蛛网添丝屋角晴。
落落疏帘邀月影[4]，
嘈嘈虚枕纳溪声[5]。
久班[6]两鬓如霜雪，
直欲樵渔[7]过此生。

注解

❶ 张文潜：张耒（lěi）（1054—1114），字文潜，号柯山，楚州（今属江苏）人，宋代诗人。

❷ 檐牙：屋檐，檐边翘出如牙齿一般，故称。

❸ 蝶衣：蝴蝶的翅膀。晒粉：蝴蝶晒翅膀上的粉。

❹ 落落：稀疏的样子。邀月影：月影穿过帘子而来。

❺ 嘈嘈：喧杂的声音。虚枕：斜身侧枕。

❻ 班：通“斑”，斑白。

❼ 樵渔：樵夫和渔人，这里借指隐居生活。

❽ 卵：下蛋。

❾ 剥啄：下棋声；也作“剥琢”。

释义

此诗以夏日为题，皆道村中夏天景物。首言夏日而风景清和，次言燕雀生成于檐牙之间，盖燕雀春卵[8]而夏成也。次联言蝶衣当午而晒粉于花枝，蛛网时晴而添丝于屋角，见物之亦能识时也。第三联言帘疏以邀月影，枕虚以纳溪声，见其坐卧有优悠自得。末言感衰老将至，欲投闲于江村之上，为渔樵之乐以度平生。

增和

南来一味午风清，绕屋榴花似剪成。
树绿昼时铺大地，梅黄时雨美新晴。
虚窗琴调莫猜韵，院落棋敲剥啄[9]声。
石枕竹床高卧稳，怀人无奈渴心生。

輞川積雨

王摩詰

積雨空林煙火遲，蒸藜炊黍餉東菑。
漠漠水田飛白鷺，陰陰夏木囀黃鸝。
山中習靜觀朝槿，松下清齋折露葵。
野老與人爭席罷，海鷗何事更相疑。

唐 · 王维

辋川积雨[1]

积雨空林烟火迟[2]，
蒸藜炊黍饷东菑[3]。
漠漠[4]水田飞白鹭，
阴阴夏木啭黄鹂[5]。
山中习静观朝槿[6]，
松下清斋折露葵[7]。
野老与人争席罢[8]，
海鸥何事更相疑。

释义

槿，花名，有黄白二色。露葵，菜名，又一名莼。此诗因在辋川积雨，即川中事而赋也。首二句，言积雨之故。次联言川中物有得所之意。三联言观槿、折葵，有隐逸独乐之意。末句言与物相忘，野老虽有争席之状，已罢去，海鸥何用相疑而不相亲狎[9]者乎？不相疑，即庄周所谓海翁忘机、鸥鸟不飞[10]之意也。

注解

1. 诗题也作《辋川夜雨》《积雨辋川庄作》。辋（wǎng）川：在今陕西蓝田终南山中，诗人在此建有庄园别墅。积雨：久雨。
2. 空林：林木稀疏。烟火迟：烟气缓慢地上升。
3. 藜（lí）：野菜名。黍（shǔ）：黄米。饷（xiǎng）东菑（zī）：给在东边田里劳作的人送饭。菑，初耕的田地。
4. 漠漠：辽阔无边的样子。
5. 阴阴：光线幽暗的样子。啭（zhuàn）：婉转地鸣叫。
6. 习静：习养静寂的心性。朝槿（jǐn）：即木槿。花朝开夕谢，常用以比喻事物变化迅速或时间短暂。
7. 清斋：素食。露葵：沾有露水的葵菜。
8. 野老：生活在村野的老百姓，此处为诗人自称。争席：争座位。
9. 亲狎（xiá）：亲近狎昵。
10. 海翁忘机、鸥鸟不飞：典出《列子 · 黄帝》，说的是有个喜欢海鸥的人，每天早晨与海鸥亲近，他的父亲知道后让他捉海鸥来玩，第二天，海鸥再也不和他亲近了。忘机，没有巧诈的心思，与世无争。

增和

四顾云阴收雨迟，麻城麦熟满东菑。

粉衣轻晒双飞蛱，金缕闲敲百啭鹂。

南亩渐看滋黍稌[11]，北窗何用假蒲葵[12]。

等闲收拾归图画[13]，别墅风光岂复疑。

⑪ 南亩：南边的田地，泛指田亩。滋：生长。

⑫ 假：借用。蒲葵：一种常绿乔木，叶子可以作扇子，这里借指蒲葵扇。

⑬ 归图画：把眼前的风光描绘成图画。

新竹

陸放翁[1]

插棘編籬謹護持 養成寒碧映漣漪
清風掠地秋先到 赤日行天午不知
解籜時聞聲簌簌 放梢初見影離離
歸閑我欲頻来此 枕簟仍教到處隨

南宋·陆游

新竹[2]

插棘编篱谨护持[3]，
养成寒碧映涟漪[4]。
清风掠地秋先到[5]，
赤日[6]行天午不知。
解箨时闻声簌簌[7]，
放梢初见影离离[8]。
归闲我欲频来此，
枕簟[9]仍教到处随。

注解

❶ 陆放翁：陆游（1125—1210），字务观，号放翁，越州山阴（今属浙江）人，南宋大诗人。

❷ 诗题也作《东湖新竹》。

❸ 谨：小心。护持：保护维持。

❹ 寒碧：碧玉，这里比喻新竹。涟漪（liányī）：水面荡漾的波纹。

❺ 掠地：吹拂地面。秋先到：因为竹林遮阴蔽日，使诗人提前感受到秋天的清爽。

❻ 赤日：烈日。

❼ 解箨（tuò）：竹子生长过程中脱去笋壳。箨，笋壳。簌（sù）簌：风吹竹叶的声音，这里指笋壳脱落声。

❽ 放梢：竹梢伸展开。离离：竹影纵横稀疏的样子。

❾ 簟（diàn）：竹席。

释义

棘，荆棘，有刺木也。涟漪，澄清之水。箨，笋壳也。此诗全咏新竹。首言初种之时，用棘以护持之，恐为牛羊所残坏也。次言培养已成，青碧映水之清有幽趣。二联言清风掠地而先到，言干之高也；赤日当午而不知，见阴之密也。第三联用解箨闻声簌簌，放梢见影离离。箨初解，梢始放，又所以状其新也。末

言竹之奇雅可爱，归闲之时，我欲常常来此观玩。甚至一枕一席之坐卧，亦到此以相随。

增和

解箨新篁不自持[10]，琅玕[11]郁郁映清漪。
绿阴先向窗前布，坚操[12]须从雪后知。
粉节含香时馥馥[13]，碧梢弄影午离离。
幽人[14]六月逃烦渴，来此藤床石枕随。

⑩ 自持：自我控制，这里指新竹的柔弱貌。

⑪ 琅玕（lánggān）：翠竹的美称。

⑫ 坚操：坚定的节操。

⑬ 馥（fù）馥：形容香气很浓。

⑭ 幽人：幽居山林的人。

表兄話舊

竇叔向[1]

夜合花開香滿庭
夜深微雨醉初醒
遠書珍重何由達
舊事淒涼不可聽
去日兒童皆長大
昔年親友半凋零
明朝又是孤舟別
愁見河橋酒幔青

唐·窦叔向[1]

表兄话旧[2]

注解

❶ 窦叔向（生卒年不详）：字遗直，扶风（今属陕西）人，晚唐诗人。

❷ 诗题也作《夏夜宿表兄话旧》。话旧：叙谈过去的人事。

❸ 夜合花：即合欢花，昼开夜合，极香。

❹ 远书：远方来的家书。何由达：何曾抵达。

❺ 去日：昔日。

❻ 凋零：草木凋谢，这里借指亲人的去世。

❼ 酒幔（màn）：酒旗。

夜合花[3]开香满庭，
夜深微雨醉初醒。
远书珍重何由达[4]，
旧事凄凉不可听。
去日[5]儿童皆长大，
昔年亲友半凋零[6]。
明朝又是孤舟别，
愁见河桥酒幔[7]青。

释义

夜合，花名，朝开夜复合。此诗因表兄别久，相访而话其旧日之情。首言始会于花下，微雨初醒之时。次联言珍重信息，隔远无由而通。于旧日之事，说起凄凉，不可听闻。三联言前日所见儿童，今皆长大；昔年亲厚之友，一半凋零。叙情之间，又有一喜一悲之意。结言今日虽会，明朝又是乘孤舟以相别，离多会少。见河桥酒幔，又加重愁也。

增和

幸辱[8]高轩过我庭，愁怀如醉顿然醒。
关心旧事欲同话，畅意清谈喜共听。
阶下芝兰[9]多吐秀，庭前棠棣[10]觉凋零。
那堪明日又分手，忍听阳关[11]柳色青。

8 幸辱：承蒙。

9 芝兰：芝草和兰草，均为香草。

10 棠棣（dì）：花名，花黄色，春末开，俗称棣棠。

11 阳关：古曲《阳关三叠》的省称，泛指离别时唱的歌曲。

秋景

偶成

程明道

閑来無事不從容　睡覺東窻日已紅
萬物静觀皆自得　四時佳興與人同
道通天地有形外　思入風雲變態中
富貴不淫貧賤樂　男兒到此是豪雄

北宋 · 程颢

偶成

闲来无事不从容[1]，
睡觉[2]东窗日已红。
万物静观皆自得[3]，
四时佳兴与人同[4]。
道通天地有形外[5]，
思入风云变态中。
富贵不淫贫贱乐[6]，
男儿到此是豪雄[7]。

注解

❶ 闲来：闲时。从容：不慌不忙。
❷ 睡觉（jué）：睡醒。
❸ 静观：冷静观察。自得：自得其道，自在。
❹ 四时：指春、夏、秋、冬四季。佳兴：饶有兴味的情趣。
❺ 道：道理、真理。通：贯通。
❻ 富贵不淫贫贱乐：富贵不能骄奢淫逸，贫贱能自得其乐。语出《孟子》："富贵不能淫，贫贱不能移，威武不能屈，此之谓大丈夫。"
❼ 豪雄：英雄。
❽ 充周：充满，充足。磅礴：形容气势盛大，广大无边。

释义

此诗明道以偶然而成。从容，即清闲自得，犹自会。与人同，与人同有也。首句言清闲从容。次言东窗之睡，至日红乃醒，可见其从容也。静观万物之生，动息与己胸趣之悠然而自会。四季之佳景幽怀，乃与人同有。三联言道体充周磅礴[8]，通乎形骸之外，即《中庸》所谓"语大，天下莫能载焉"是也。思之所感，纷纭不一，入于风云变态之中。居富贵则不奢侈纵欲，而至于淫荡；居贫贱则乐天知命，不改其乐。人而至此，是为豪杰之男子。

增和

衡茅[9]仅喜膝堪容，绕屋西风落叶红。
一鉴秋空千里皎，满腔春意四时同。
行藏[10]每日惟忧道，出处随时只用中[11]。
自是男儿须立志，乾坤未必困英雄。

⑨ 衡茅：简陋的茅屋。

⑩ 行藏：指行为举止。

⑪ 用中：指谨守中庸之道；语出《礼记·中庸》："执其两端，而用其中于民。"意指处理事情应不偏不倚，谨守中庸之道而不极端。

遊月陂

前賢

月陂隄上四徘徊　北有中天百尺臺
萬物已隨秋氣改　一樽聊為晚涼開
水心雲影閑相照　林下泉聲靜自来
世事無端何足計　但逢佳節約重陪

北宋·程颢

游月陂[1]

注解

❶ 月陂（bēi）：水池名。陂，水池。

❷ 堤：堤岸。四徘徊：四处走动。

❸ 中天：高空中。

❹ 聊：姑且。

❺ 水心：水中央。

❻ 无端：无常，无定准。何足计：不值得计较。

❼ 约：邀约。重陪：再来相陪。

❽ 北隅（yú）：指北边。

月陂堤上四徘徊[2]，
北有中天[3]百尺台。
万物已随秋气改，
一樽聊[4]为晚凉开。
水心[5]云影闲相照，
林下泉声静自来。
世事无端何足计[6]，
但逢佳节约重陪[7]。

释义

徘徊，踌躇顾盼之意。秋气，肃杀之气。此诗因游月陂而赋也。首言登月陂之堤，而踌躇回顾。在北隅[8]有百尺之台，高耸中天。次言万物之生意，至秋萧条而更改。自是薄设一樽之酒，以向晚凉饮乐。三联水心云影相照之幽，见陂上之物也。林下泉声，自静僻而来，闻陂中之物。末叹其人世事故多端，不足计较。

但逢佳景，重陪赏饮。此可见先生不为世务累其心也。

增和

波光云影共徘徊，气象巍巍[9]北有台。
浪静东西清彻底，天涵上下皎然[10]开。
孤蟾[11]倒浸明明照，活水长流混混[12]来。
载酒来游因有约，一樽佳喜共相陪。

❾ 巍巍：高大壮观。

❿ 皎（jiǎo）然：清晰分明的样子。

⓫ 孤蟾：指月亮。

⓬ 混混（gǔngǔn）：波浪翻涌的样子，也作“滚滚”。

中秋月

李朴[1]

皓魄當空曉鏡昇　雲閑仙籟寂無聲
平分秋色一輪滿　長伴雲衢千里明
狡兔空從弦外落　妖蟆休向眼前生
靈槎擬約同擕手　更待銀河到底清

北宋·李朴[1]

中秋月[2]

皓魄当空晓镜升[3]，
云间仙籁[4]寂无声。
平分秋色[5]一轮满，
长伴云衢[6]千里明。
狡兔空从弦外落[7]，
妖蟆[8]休向眼前生。
灵槎拟约同携手[9]，
更待银河到底清。

注解

❶ 李朴（1063—1127）：字先之，兴国（今属江西）人，北宋时官员，曾任国子监教授。
❷ 诗题也作《中秋》。
❸ 皓魄：明月。晓镜：也作宝镜。
❹ 仙籁（lài）：仙乐，比喻美妙的音乐。
❺ 平分秋色：把秋色分为两半，中秋节正值秋季之半。
❻ 云衢（qú）：云彩铺成的道路。
❼ 狡兔：指月宫中的玉兔。弦：即弦月，月亮像弓弦，这里指月亮的边缘。
❽ 妖蟆：传说中食月的蟾蜍，能使月亮产生圆缺变化。
❾ 槎（chá）：木筏。拟约：准备邀请。
❿ 天籁：自然界的声音。
⓫ 清心克欲：清除杂念，保持心地清净，克制自己的欲求。

释义

月白曰皓魄。晓镜，李白诗云：又疑瑶台镜，飞上青云端。仙籁，即风声为天籁[10]。平分，中秋也，秋至中平半均分。兔，月中之玉兔。蟆，月中之蟾蜍。弦，谓每月初八为上弦，二十三为下弦。灵槎，《博物志》：“昔有人居海上，每年乘槎到天河，见妇人织机，丈夫牵牛。”此诗前四句，专赋中秋月明之美。后四句寓有清心克欲[11]

之意。月明，犹心之澄。狡兔、妖蟆，喻外诱也。末三句，寓有不可安于小成[12]之意。

增和

秋色平分月乍升，吴刚[13]仙斧似闻声。
一轮宝镜家家共，万里河山处处明。
水浸玉盘清影动，风传丹桂异香生。
高歌坐对更深候，衣袂[14]不堪风露清。

⑫ 小成：小有成就。

⑬ 吴刚：古代神话中的人物，传为汉代西河人，学仙有过，受天帝惩罚，日夜在月宫砍伐桂树。

⑭ 衣袂（mèi）：衣袖，这里指代衣衫。

新秋

杜子美

火雲猶未斂奇峯　欹枕初驚一葉風
幾處園林蕭瑟裏　誰家砧杵寂寥中
蟬聲斷續悲殘月　螢焰高低照暮空
賦就金門期再獻　夜深搔首嘆飛蓬

唐 · 杜甫

新秋[1]

火云犹未敛奇峰[2]，
攲枕初惊一叶风[3]。
几处园林萧瑟[4]里，
谁家砧杵[5]寂寥中。
蝉声断续悲残月，
萤焰[6]高低照暮空。
赋就金门期再献[7]，
夜深搔首叹飞蓬[8]。

释义

火云，僧奉忠诗："如峰如火复如绵。"奇峰，谓夏云多奇峰。一叶秋，古诗云："梧桐落金井，一叶在银床。"砧，捣衣之石。杵，捣衣之槌[9]也。金门，即金马门，汉武帝铸铜马于宫署门外。蓬，草也。飞，乱也。此诗赋新秋之景。首二句言夏意未收，而凉风初动，见其为新秋意也。次二句言萧瑟之气入于园林，砧杵

注解

❶ 新秋：初秋。

❷ 火云：夏天炽热的红云，又称火烧云。奇峰：比喻云如高耸的山峰一样。

❸ 攲（qī）枕：斜靠在枕头上。一叶风：指秋风，俗语有"一叶落而知秋"的说法。

❹ 萧瑟：草木被秋风吹袭的声音。

❺ 砧杵（zhēnchǔ）：捣衣的工具。砧是捣衣的石头，杵是捣衣的木棒。

❻ 萤焰：萤火虫发出的光。

❼ 赋就：写好、作好。金门：汉代宫殿门，又叫金马门。这里指想献策于朝廷，建功立业。

❽ 飞蓬：随风飘荡的蓬草。比喻行踪漂泊不定。

❾ 槌（chuí）：敲打东西的器具，形似锤。

之声响于夜静，见人事之称时[10]动作。二联蝉声悲月，萤光照空，见虫类应候[11]飞鸣，皆寓新秋之意。末句言欲献策金马门以求进，奈鬓发衰老，因新秋之至而有触景生悲之情也。

⑩ 称时：顺时，合时。

⑪ 应候：顺应时令节候。

⑫ 芰（jì）荷：菱叶与荷叶。

⑬ 畎（quǎn）亩：田地，田野。

⑭ 年来：近年以来。

增和

云白重重罩碧峰，井梧摇落动西风。
芰荷[12]绿坠池塘内，黍稌横铺畎亩[13]中。
散乱疏星萤照水，高飞一字雁书空。
催人光景如梭急，不觉年来[14]白鬓蓬。

與朱山人

杜子美

錦里先生烏角巾　園收芋栗未全貧
慣看賓客兒童喜　得食階除鳥雀馴
秋水纔深四五尺　野航恰受兩三人
白沙翠竹江村路　相送柴門月色新

唐 · 杜甫

与朱山人[1]

锦里先生乌角巾[2]，
园收芋栗未全贫[3]。
惯看宾客儿童喜，
得食阶除鸟雀驯[4]。
秋水才深四五尺，
野航恰受两三人[5]。
白沙翠竹江村路，
相送柴门月色新[6]。

注解

❶ 诗题也作《南邻》。朱山人：指朱希真，当时杜甫居住在成都西郊草堂，南邻有朱希真。山人：隐居山中的士人。

❷ 锦里先生：即朱希真。锦里，指锦江附近的地方。乌角巾：葛制的黑色有折角的头巾，常为隐士所戴。

❸ 芋栗（yùlì）：芋头和橡栗。未全贫：不算很贫困。

❹ 阶除：庭院里的台阶。驯：驯服。

❺ 野航：郊野的农家小船。恰受：刚好承受。

❻ 月色新：月亮刚刚升起。

❼ 资身：资养身体。

❽ 奉身：养身，守身。

释义

锦里，即锦江，四川成都府也。此诗公寄南邻朱山人。乌角巾，山野之服。资身[7]于芋栗，奉身[8]之淡薄也。见宾客而儿童喜，在鸟雀得食而驯乐，见山人之礼人爱物也。三联言水浅船不堪载，故不及相访。末言公与山人有留恋不忍舍之意，因相送柴门至于月上。

增和

布服芒鞋与葛巾[9]，寸心忧道不忧贫。
秋风篱畔黄花嫩，夏日庭前白鹤驯。
流水高山三叠兴[10]，光风霁月[11]一闲人。
相逢不忍分相别，聊折青青柳色新。

❾ 布服：粗布制的衣服。芒鞋：用芒草编织的鞋子。葛巾：用葛布做的头巾。

❿ 三叠：古奏曲之法，至某一句乃反复再三，称三叠。兴：演奏。

⓫ 光风霁月：指雨过天晴后风清月明的景象，比喻开阔的胸怀和心地。

秋思

陸放翁

利欲驅人萬火牛　江湖浪跡一沙鷗
日長似歲閑方覺　事大如天醉亦休
砧杵相望深巷月　井梧摇落故園秋
欲舒老眼無高處　安得元龍百尺樓

秋

景

南宋·陆游

秋思

利欲驱人万火牛[1]，
江湖浪迹[2]一沙鸥。
日长似岁闲方觉，
事大如天醉亦休[3]。
砧杵相望深巷月，
井梧[4]摇落故园秋。
欲舒[5]老眼无高处，
安得元龙百尺楼[6]。

注解

❶ 利欲：对私利的欲望。驱：驱使。万火牛：像万头火牛奔突一样，这里化用了火牛阵的典故，指战国时齐将田单以油浸苇草，束扎在牛尾后，再放火燃烧，使牛发怒而冲陷敌阵，大破燕军的战术；此处比喻人们受利欲驱使像火牛一般疯狂。

❷ 浪迹：居无定所，行踪不定。

❸ 休：了结，此处指忘了。

❹ 井梧：水井边的梧桐树。

❺ 舒：舒展。

❻ 安得：如何能得、怎能得。元龙：即陈登，字元龙，三国时魏人。百尺楼：泛指高楼。

❼ 使：倘使，假如。

释义

火牛，田单破燕，城中得牛千头，画五彩覆于牛背，束刀于角，系绵于尾，灌油烧之，牛奔燕，燕军触死甚众。言利欲之使人驱驰，如火牛之疾速也。元龙百尺楼，昔许汜见刘备曰：陈元龙无主客礼，自卧床上，使客卧床下。备曰：龙乃豪气士也，君言无可采用，使[7]备卧百尺楼，卧君于地下尔。此诗以思秋而赋。首言利欲之奔驰，不若江湖之闲乐。次言日长闲觉，事大醉休，正见江湖之逸乐。三联砧杵响于里巷明月之中，梧桐落于故园之秋景，皆萧瑟寂寥之秋思也。砧杵、井梧，事见前注。末言欲舒老眼以望万里云物景致之胜，则无高处，安得有元龙百尺之高楼耶？

增和

白石歌[8]残饭罢牛，忘机犹喜对眠鸥。
千愁惟向秋来结，万事须知老去休。
几点银星萤照夜，数行锦字[9]雁横秋。
西风凉雨关心久，憔悴携壶上酒楼。

❽ 白石歌：即《饭牛歌》，古歌名，相传春秋时卫人宁戚扣牛角而唱此歌。

❾ 锦字：织在锦上的字句，后泛指妻子寄给丈夫的家书。

月夜舟中

戴石屏 1

滿船明月浸虛空　綠淨無痕夜氣冲
詩思浮沉檣影裏　夢魂揺拽櫓聲中
星辰冷落碧潭水　鴻鴈悲鳴紅蓼風
一點魚燈依古岸　斷橋垂露滴梧桐

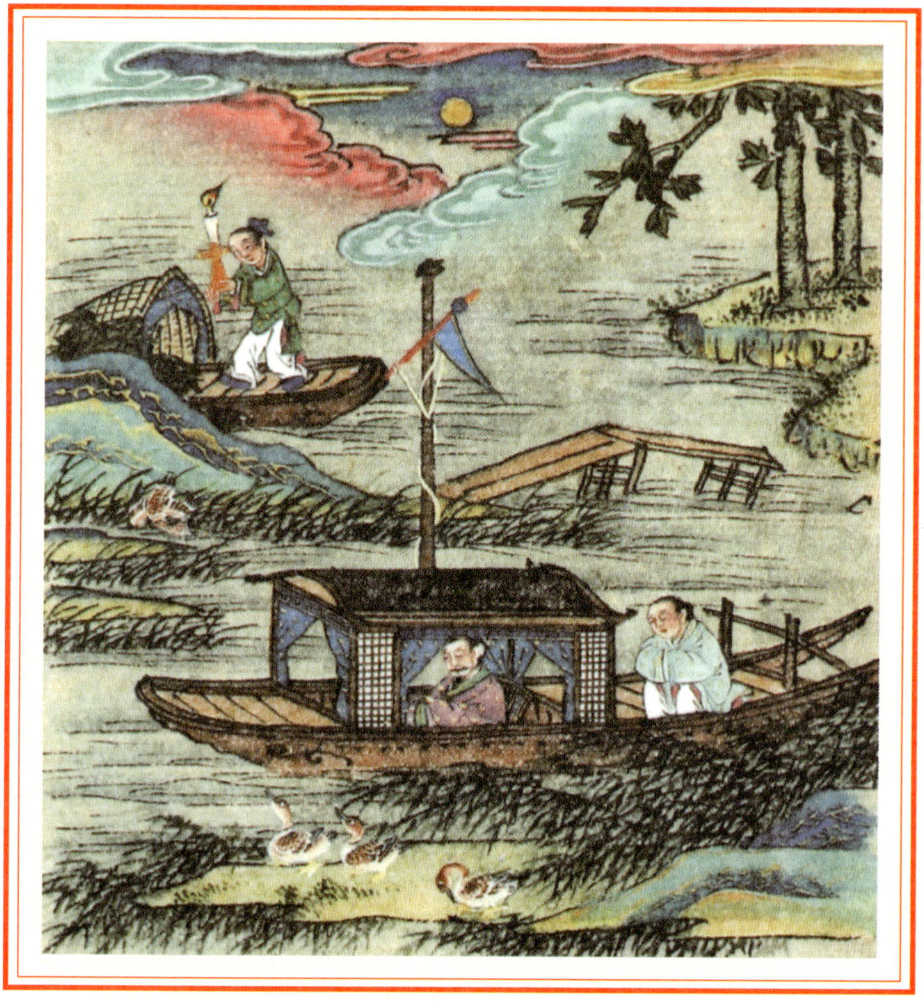

南宋·戴复古

月夜舟中[2]

满船明月浸虚空[3]，

绿水无痕夜气冲[4]。

诗思浮沉樯影里[5]，

梦魂摇曳橹声中[6]。

星辰冷落碧潭水，

鸿雁悲鸣红蓼风[7]。

数点渔灯[8]依古岸，

断桥垂露滴梧桐。

注解

❶ 戴石屏（1167—1248）：戴复古，字式之，号石屏，黄岩（今属浙江）人，南宋著名诗人。

❷ 诗题也作《月中泛舟》。

❸ 浸：笼罩。虚空：天空。

❹ 绿水无痕：形容水清浪静。冲：弥漫。

❺ 诗思：作诗的思路、情致。樯（qiáng）：船上挂风帆的桅杆。

❻ 摇曳（yè）：摇动，晃动。橹（lǔ）声：摇橹的声音。

❼ 红蓼（liǎo）风：红蓼花开时的风，指秋风。红蓼，一年生草本植物，花开呈淡红色，多生水边。

❽ 渔灯：渔船上的灯火。

释义

虚空，虚高之处，即长空也。冲，浮满也。樯，挂帆之高木。橹，船尾摇动进船之具也。此诗因赋舟中水中所见之景物，并即其事而言也。首言满船载月，而水光夜气之浮。次联言思索于心，随樯影而未定，梦魂惊动，橹声而不安。第三联，写其月夜舟中之所见者，星辰静映于碧潭水里。所闻有鸿雁悲鸣于红蓼风中。此布尽舟中之夜景也。尾句渔灯依古岸，露滴梧桐，又即其远见之物，以结月夜之意。

增和

澄江湛湛水浮空，夜月明涵冷气冲。
船在冰壶[9]清影里，人居玉鉴[10]最光中。
洲边点点渔翁火，渡口潇潇[11]杨柳风。
几度泊船登古岸，秋声萧瑟到梧桐。

⑨ 冰壶：盛冰的玉壶，借指月光。

⑩ 玉鉴：光洁可鉴的玉片，借指皎洁的月亮。

⑪ 潇潇：象声词，指风吹杨柳的声音。

九日藍田

杜子美

老去悲秋强自寬　興来今日盡君歡
羞將短髮還吹帽　笑倩傍人為正冠
藍水遠從千澗落　玉山高並兩峰寒
明年此會知誰健　醉把茱萸仔細看

唐·杜甫

九日蓝田[1]

老去悲秋强自宽[2]，
兴来今日尽君欢[3]。
羞将短发[4]还吹帽，
笑倩旁人为正冠[5]。
蓝水[6]远从千涧落，
玉山[7]高并两峰寒。
明年此会知谁健，
醉把茱萸[8]仔细看。

注解

❶ 诗题也作《九日蓝田会饮》《九日蓝田崔氏庄》。九日：九月初九，时值重阳节，又称重九节。蓝田：地名，在今陕西蓝田县。会饮：聚饮，一块喝酒。

❷ 强自宽：勉强地自我宽慰。

❸ 兴来：兴致来了。尽君欢：尽情与君欢乐。

❹ 羞将短发：因头发短而不好意思。

❺ 倩（qiàn）：请别人帮忙。正冠：把帽子戴正。

❻ 蓝水：蓝田山下流出的河流。

❼ 玉山：即蓝田山，因盛产玉，又称玉山。

❽ 茱萸（zhūyú）：草名。古代风俗，每逢重阳节要头插茱萸，饮菊花茶，据说可以消灾祛邪，延年益寿。

释义

吹帽，晋孟嘉九月初九日从桓温登龙山饮酒，风吹帽落。玉山，蓝田出玉，故名玉山。茱萸，汉武帝宫人贾珮兰作茱萸菊花酒于九月九日，云饮之令人长寿。此诗为重阳日答崔君会饮而作。言尝自叹年老悲秋，甚难排遣。今日饮酒之兴，则为君尽欢而不复悲矣。次联言孟嘉落帽以侮桓温，今日我与崔君欢饮，故正

冠以尽礼貌。第三联即崔氏庄山水之景，可以供赏畅怀。末则把茱萸细玩，预恐明年如今日之会，不可复得，当毕尽其欢也。

❾ 酒肠：代指酒量。

❿ 芳樽：精致的酒器，这里借指美酒。

增和

清闲自觉酒肠[9]宽，潇洒良晨尽醉欢。
白发虽悲今日帽，黄花聊插旧时冠。
襟怀视彼乾坤窄，衣袂犹惊风露寒。
倒尽芳樽[10]多酩酊，傍人冷眼笑相看。

聞笛

趙嘏

誰家吹笛畫樓中　斷續聲隨斷續風
響遏行雲横碧落　清和冷月到簾櫳
興来三弄有桓子　賦就一篇懷馬融
曲罷不知人在否　餘音嘹喨尚飄蓬

秋

景

唐·赵嘏

闻笛

注解

❶ 画楼：雕梁画栋的楼阁。

❷ 响遏（è）行云：形容声音响亮高妙，能止住行云。碧落：天空。

❸ 清和：清越柔和。帘栊（lóng）：挂着帘子的窗户。

❹ 三弄：古曲名，即《梅花三弄》，一说指三支曲子。桓子：即桓伊，东晋名士，善音乐。

❺ 马融：东汉著名经学家，善鼓琴，好吹笛，有《长笛赋》一篇。

❻ 曲罢：曲终。

❼ 尚：还。

❽ 胡床：古代一种可以折叠的轻便绳椅，椅脚交叉即能折叠，背后设有靠背。

❾ 柯亭：古地名，又名高迁亭，

谁家吹笛画楼[1]中，
断续声随断续风。
响遏行云横碧落[2]，
清和冷月到帘栊[3]。
兴来三弄有桓子[4]，
赋就一篇怀马融[5]。
曲罢[6]不知人在否，
余音嘹亮尚[7]飘空。

释义

遏，止也。碧落，即天空。三弄桓子，桓子即桓伊。王徽之泊舟清溪，伊过崖上。徽之曰：闻君善吹笛，请为一奏。伊素闻徽名，据胡床[8]三弄而去。赋就马融，融汉人，善吹笛，作《长笛赋》云："近时双笛从羌起，羌人伐竹未及已。龙吟水中不见形，截竹吹之声宛似。"此诗因闻笛而作。首言笛吹于画楼之中，次言笛声之接续间断，随风之动止。次言行云横碧落，言其声之高也；和月到帘栊，言其韵之清。三联言吹笛合故典也。末句言曲终不知吹笛之人在否，但见悠长之声，尚在虚空之中而未绝也。末句极有意趣。

在今浙江绍兴西南，以产良竹闻名。

增和

柯亭[9]竹采自楼中，玉笛谁将弄晚风。
雅韵清传归院落，余音轻彻入帘栊。
数番响遏行云远，几曲相催落日融。
黄鹤楼中三弄罢，梅花落尽树头空。

長安秋望

趙嘏

雲物淒涼拂曙流　漢家宮闕動高秋
殘星幾點鴈橫塞　長笛一聲人倚樓
紫艷半開籬菊靜　紅衣落盡渚蓮愁
鱸魚正美不歸去　空戴南冠學楚囚

秋景

唐·赵嘏

长安秋望[1]

注解

❶ 诗题也作《长安秋夕》。

❷ 云物：指空中的云雾。拂曙：拂晓，天刚刚亮。

❸ 汉家宫阙：这里指唐朝的宫殿。高秋：秋高气爽。

❹ 残星：晨星暗淡。雁横塞：雁阵飞过边塞。

❺ 紫艳：菊花的颜色。篱菊：篱边的菊花。

❻ 红衣：荷花的花瓣。渚（zhǔ）：水中的小块陆地。

❼ 南冠：南方楚人的头冠，借指囚犯，春秋时楚人钟仪被囚时带着南国的帽子，比喻被囚禁的人不忘故国衣冠。

云物凄凉拂曙流[2]，
汉家宫阙动高秋[3]。
残星几点雁横塞[4]，
长笛一声人倚楼。
紫艳[5]半开篱菊静，
红衣落尽渚莲愁[6]。
鲈鱼正美不归去，
空戴南冠[7]学楚囚。

释义

曙，天色，东方之初白也。残星，将落之星。塞，远塞也。红衣，谓莲花衣。楚囚，晋景公见钟仪曰："南冠而系者谁也？"有司曰："郑人所献楚囚也。"此诗因长安秋望而作。首言天初晓之时，见云物寂寞。次言天汉秋高，固宫阙耸动云汉。三句言残星未落而雁横远塞。四句言笛声尚在而人倚高楼。皆应初晓之

时所见之物。第三联言远望所见篱菊，当半开而色正艳。渚莲之衣落，尽使人悲愁，植秋容之凄凉也。末叹言今鲈鱼肥美，当学张翰命驾[8]而归，何必戴南冠而学楚囚耶？因感景而思乡也，故言此。

增和

祝融回驭[9]已西流，万物萧条[10]总是秋。
几处白云飞远岫[11]，一行新雁过南楼。
黄花独乐渊明兴[12]，落叶应添宋玉[13]愁。
况彼长途来往客，纷纷都被利名囚。

❽ 命驾：命人驾车，也指乘车出发。

❾ 祝融回驭：借指夏天已经过去；祝融，官名，三皇五帝时的夏官火正，这里指夏天。

❿ 萧条：寂寥冷清的样子。

⓫ 远岫（xiù）：远处的山峰。

⓬ 黄花：菊花。渊明：陶渊明（365—427），东晋文学家、诗人，性爱菊。

⓭ 宋玉（前 298—前 222）：战国时楚人，辞赋家，因悲秋而作《九辩》。

冬景

初冬

劉後村

晴窗早覺愛朝曦　竹外秋聲漸作威
命僕安排新暖閣　呼童熨帖舊寒衣
葉浮嫩綠酒初熟　橙切香黃蟹正肥
蓉菊滿園皆可羨　賞心從此莫相違

满園蓉菊

南宋·刘克庄

初冬[1]

晴窗早觉爱朝曦[2]，
竹外秋声渐作威[3]。
命仆安排新暖阁[4]，
呼童熨帖[5]旧寒衣。
叶浮嫩绿[6]酒初熟，
橙切香黄[7]蟹正肥。
蓉菊[8]满园皆可羡，
赏心[9]从此莫相违。

注解

❶ 诗题也作《冬景》《晚秋》。

❷ 觉：睡醒。朝曦（xī）：晨曦，早晨的阳光。

❸ 秋声：指秋天里自然界的声音，这里指秋风。作威：发威。

❹ 暖阁：设炉取暖的小阁。

❺ 熨（yù）帖：把衣服熨平。

❻ 叶浮嫩绿：新酒的酒色如同竹叶浮在上面一样嫩绿鲜亮。

❼ 橙切香黄：煮熟的螃蟹如同刚切开的橙子那样金黄肥美。

❽ 蓉菊：九、十月开花的木芙蓉和菊花。

❾ 赏心：愉悦的心情。相违：违背。

释义

曦，日光。竹叶，酒名，竹叶青也。蟹，介虫，腹黄如鸡卵，其味极美。蓉菊，谓芙蓉、菊花也。此诗首言早爱朝曦，犹冬日可爱也；既言秋声未息，渐转作霜威，初冬之意也。次言安排暖阁，熨帖寒衣，修整冬用之物也。第三联言若叶之浮起嫩绿者，乃酒之初熟时也；如橙之切破黄者，乃蟹之正肥者也。此为上呼下应格。尾句言于是时也，芙蓉、菊花开满园中，俱可称人之意。赏玩之心，从此莫相背也。是必有感人之意存焉。

增和

老翁爱暖暴朝曦，渐觉风生阵上威。
移坐围炉烧炭火，掇梯上阁取绵衣[10]。
暖寒煨酒香甘美，下箸烹羊旨正肥[11]。
邀请邻翁同此乐，叮咛日日莫相违。

⑩ 掇（duō）：用双手拿。绵衣：棉衣。

⑪ 旨正肥：味道正是甘美的时候。

冬至

杜子美

天時人事日相催　冬至陽生春又来
刺繡五紋添弱線　吹葭六管動飛灰
岸容待臘将舒柳　山意衝寒欲放梅
雲物不殊鄉國異　教兒且覆掌中杯

唐·杜甫

冬至[1]

天时人事[2]日相催，
冬至阳生[3]春又来。
刺绣五纹添弱线[4]，
吹葭[5]六管动飞灰。
岸容待腊将舒柳[6]，
山意冲寒[7]欲放梅。
云物不殊乡国异[8]，
教儿且覆[9]掌中杯。

注解

❶ 诗题也作《冬景》《小至》。冬至：二十四节气之一，这天北半球夜最长，昼最短，此节过后，夜渐短，昼渐长。

❷ 天时人事：自然运行的时序和人世间的事。

❸ 阳生：阳气始生，古人认为自冬至起，天地间阳气始生，代表下一个循环开始。

❹ 五纹：五色线。添弱线：古代女工刺绣，根据日影长短安排工作量，因冬至后白天渐长，就可以比平常多绣一根丝线。

❺ 吹葭（jiā）：古代候气之法。将芦苇茎中的薄膜制成灰，放置在律管内，以占知季候；若某节气至，和它相应的律管里的灰便飞动起来，故称节气变换为吹葭。

❻ 岸容：河岸边的景色。腊：腊月。舒柳：柳树舒展枝条。

❼ 冲寒：冒着寒冷，冲破寒气。

❽ 云物：景物，景色。乡国：家乡。

❾ 覆：倒。

❿ 日晷（guǐ）：太阳的影子。

释义

添线，《唐杂录》：冬至后，日晷[10]渐长，比初冬女子作绣加一线之工。吹灰，古以葭莩焚灰，实律管内，冬至一阳气生，则灰飞上。此诗因冬至而赋。添线、吹灰，冬至日之事。将舒柳、欲放梅，冬至之景，见其阳气之回也。因禄山反，公避乱成都，非故乡也，故言乡国异。

但教儿且覆掌中之杯，正以天时人事之易迈，当尽饮以赏芳晨也。

增和

两轮乌兔[11]迭相催，阴极阳从地脉来。
暖阁便宜[12]倾美酒，寒炉不用拨残灰。
宫中量日添红线，墙角经霜绽白梅。
人事天时多代谢[13]，莫辞行乐恣衔杯[14]。

⑪ 乌兔：传说日中有三足乌，月中有玉兔，后人以乌兔代称日月。

⑫ 便（biàn）宜：方便，适宜。

⑬ 代谢：更替，交替。

⑭ 衔杯：饮酒。

梅花

林和靖

名逋，字君復，隱居不仕，真宗朝賜號和靖先生

眾芳搖落獨暄妍　占斷風情向小園
疎影橫斜水清淺　暗香浮動月黃昏
霜禽欲下先偷眼　粉蝶如知合斷魂
幸有微吟可相狎　不須檀板共金樽

北宋·林逋

梅花[1]

众芳摇落独暄妍[2]，
占断风情[3]向小园。
疏影横斜[4]水清浅，
暗香浮动[5]月黄昏。
霜禽欲下先偷眼[6]，
粉蝶如知合断魂[7]。
幸有微吟可相狎[8]，
不须檀板共金樽[9]。

注解

❶ 诗题也作《山园小梅》。

❷ 众芳：百花。摇落：凋谢，被风吹落。暄（xuān）妍：明媚鲜艳。

❸ 风情：风采。

❹ 疏影横斜：梅花疏朗的影子横斜投在水中。

❺ 暗香浮动：梅花散发的清幽香味在水面飘动。

❻ 霜禽：霜鸟，指寒雀。偷眼：偷看。

❼ 合：应该。断魂：好像失去魂魄的样子。

❽ 微吟：低声吟唱。狎：亲近。

❾ 檀板：演奏时用的檀木拍板，这里指音乐。金樽：豪华的酒杯，这里指美酒。

❿ 魁（kuí）：第一，首位。

⓫ 骇愕（hài'è）：惊讶，惊愕。

释义

霜禽，寒雀也。檀板，拍板，以节歌章者。此诗专咏梅花。首言百花摇落于秋冬，被独鲜妍，占断红紫妖娇之风情，向开小园，为百花之魁[10]也。第二联言清浅之水，映横斜之疏影；黄昏之月，照暗香之浮动。此二句状梅之事极妙。第三联霜禽欲下而骇愕[11]，故先偷眼。粉蝶本白，见梅之尤白，自惊而断魂。末言幸有吟诗章，可与相亲近。何用檀板以节歌曲，举金樽以共酌赏者哉？

增和

孤芳独与雪争妍，春信先传到故园。
玉骨自能沾雨露，冰肌应得涴尘昏[12]。
道傍驿使因回首，窗下诗人欲断魂。
曾记罗浮清梦[13]里，绝胜花下对金樽。

⑫ 涴（wò）：污染，弄脏。尘昏：尘积昏暗。

⑬ 罗浮清梦：典出柳宗元《龙城录》，传说隋朝时候，赵师雄于罗浮山遇一美丽女子，与之说话，则芳香袭人，便邀请到店中饮酒交谈；赵师雄醉醒后，才发现自己在一棵大梅树下。后以罗浮梦比喻好景不长，也用以代指梅花。

自詠

韓文公

一封朝奏九重天　夕貶潮陽路八千
本爲聖朝除弊政　敢將衰朽惜殘年
雲横秦嶺家何在　雪擁藍關馬不前
知汝遠來應有意　好收吾骨瘴江邊

唐·韩愈

自咏[1]

一封朝奏九重天[2]，
夕贬潮阳路八千[3]。
本为圣明除弊政[4]，
敢将衰朽惜残年。
云横秦岭[5]家何在，
雪拥蓝关[6]马不前。
知汝[7]远来应有意，
好收吾骨瘴江[8]边。

注解

❶ 诗题也作《左迁至蓝关示侄孙湘》。

❷ 奏：向皇帝建言。九重天：这里指皇帝。

❸ 潮阳：即潮州，今广东潮阳。路八千：形容路途遥远。

❹ 圣明：皇帝。弊政：有害的政令。

❺ 秦岭：西起甘肃西部，经陕西，到河南西部的山脉，是从长安南下的必经之地。

❻ 蓝关：蓝田关，在今陕西蓝田县附近。

❼ 汝：你，指韩湘。

❽ 瘴（zhàng）江：瘴气弥漫的江边，此处指岭南的河流，因岭南多瘴气，所以称瘴江。

❾ 散诞：悠闲自在，放诞不羁。

❿ 逡巡（qūn xún）：因有所顾虑而徘徊不前。

⓫ 仙葩（pā）：仙界的奇草异花。

⓬ 喻：明白。

⓭ 迁流：流放，贬逐。

⓮ 中心：心中。

⓯ 式微：衰老、衰微。

释义

一封，谓奏疏。唐宪宗迎佛骨于凤翔，公上疏谏之。九重，谓天子居九重之尊。夕贬，谓朝奏而夕贬。因谏佛骨，宪宗贬公为潮州刺史。潮阳县，属广东。弊政，谓信佛异端之事。残年，谓衰老之年。秦岭、蓝关，俱在潮阳县界。公有侄名湘，常散诞[9]无拘，公劝之为学，湘曰："吾所学非公所知。"作诗曰："青山

云水窟，此地是吾家。后夜流琼液，凌晨咀落霞。琴弹碧玉调，炉炼白朱砂。宝鼎存金虎，铅田养白鸭。一瓢藏世界，三尺斩妖邪。解造逡巡[10]酒，能开顷刻花。有人来访我，同共看仙葩[11]。”公曰：“子能夺造化之权乎？”湘曰：“试为之。”将见逡巡之间而成酒，顷刻而花开。花内出一金牌，题云：“云横秦岭家何在，雪拥蓝关马不前。”公未喻[12]其意。湘曰：“他日见之。”此诗公自咏也。首言因佛骨表谏宪而谪潮阳，有八千里路。次联言上表本为圣朝除异端之弊政，虽蒙祸患而不顾，敢惜衰朽之残年乎？此四句公自道也。及至途中，将见云横秦岭，举目而思家之远；雪拥蓝关，马怯寒而不前。此二句公续前日花中之句也。汝，指湘子也。至蓝关之时，见一人冒雪而来。公言知远来应有意，以扶我。如有不测之事，好收吾骸骨于瘴江之边。

增和

迁流[13]自别九重天，莫诉中心[14]事万千。
谪难且甘当此日，式微[15]未识赋何年。
八千道路家乡外，万叠云山眼目前。
马阻蓝关风雪重，满怀愁思浩无边。

干戈

王中[1]

干戈未定欲何之　一事無成兩鬢絲
蹤跡大綱王粲傳　情懷小樣杜陵詩
鶺鴒音斷雲千里　烏鵲巢寒月一枝
安得中山千日酒　酩然直到太平時

南宋·王中

干戈[2]

注解

❶ 王中（生卒年、籍贯不详）：字积翁，南宋诗人。

❷ 干戈：干和戈。干，盾牌；戈，平头戟。干戈是古代常用的两种兵器，此处借指战争。

❸ 欲何之：想到哪里去。

❹ 踪迹：足迹，行踪。大纲：大概，大体上。此句指长期过着颠沛流离的日子。

❺ 小样：略似。杜陵：杜甫。此句指诗人效仿杜甫创作忧国忧民的诗篇。

❻ 鹡鸰（jílíng）：即脊令，水鸟名。《诗经·小雅·常棣》："脊令在原，兄弟急难。"比喻兄弟友爱，急难相顾，这里指兄弟。

❼ 乌鹊：此句化用曹操《短歌行》："月明星稀，乌鹊南飞。绕树三匝，何枝可依？。"意指诗人漂泊的人生。

❽ 中山千日酒：传说中山仙人狄希能造千日酒，饮这种酒后大醉千日方醒。

干戈未定欲何之[3]，
一事无成两鬓丝。
踪迹大纲王粲传[4]，
情怀小样杜陵诗[5]。
鹡鸰[6]音断云千里，
乌鹊[7]巢寒月一枝。
安得中山千日酒[8]，
酩然[9]直到太平时。

释义

王粲，魏人，字仲宣，因西京扰乱，往荆州牧刘表，登楼作赋。杜陵，杜甫也，居杜陵避禄山之乱。居成都，常作诗以言爱君忧国之意。鹡鸰，鸟名，《诗》云"鹡鸰在原，兄弟急难"，比兄弟之和好也。乌雀，《诗》言："维鹊有巢。"此诗苦于干戈之扰乱而作也。首言干戈不宁，欲何处可避？次言一事未得成就，而鬓发成丝之老。次联言当今之踪迹，其大纲有类王粲传中所叙之出处；其情所怀抱，少似杜甫诗中所载之仕止[10]。三联言兄弟音信隔千里云山之远。鸟雀巢中，寂寞仅得月下一枝之栖，言无托身之所也。末言安有中山醉人千日之酒，酩酊直到太平之时方醒。甚言干戈之乱所不堪也。

增和

举世[11]兵戈何所之，寸心憔悴发如丝。

伤嗟[12]忍醉樽中酒，感叹愁成笔下诗。

书绝几年人莫遇，月明深夜鹊无枝。

何当敛迹居东海[13]，学理丝纶[14]过此时。

⑨ 酩（mǐng）然：大醉的样子。

⑩ 仕止：出仕或隐退。

⑪ 举世：全世界。

⑫ 伤嗟：悲伤感叹。

⑬ 何当：何妨。敛迹：退隐。

⑭ 丝纶：钓丝，这里指以打鱼为生。

時世行

杜荀鶴[1]

夫因兵亂守蓬茅　麻苧裙衫鬢髮焦
桑柘廢來猶納稅　田園荒盡尚徵苗
時挑野菜和根煮　旋斫生柴帶葉燒
任是深山最深處　也應無計避征徭

唐 · 杜荀鹤[1]

时世行[2]

夫因兵乱守蓬茅[3]，
麻苎裙衫鬓发焦[4]。
桑柘废来[5]犹纳税，
田园荒尽尚征苗[6]。
时挑野菜和[7]根煮，
旋斫生柴带叶烧[8]。
任是深山最深处[9]，
也应无计避征徭[10]。

注解

❶ 杜荀鹤（846—907）：字彦之，号九华山人，池州石埭（dài）（今属安徽）人，晚唐诗人。

❷ 诗题也作《山中寡妇》。

❸ 蓬茅：茅草盖的房子。

❹ 麻苎（zhù）：大麻和苎麻，引申为粗布。焦：干枯。

❺ 废来：荒废。

❻ 征苗：征收青苗税。

❼ 和：连着，带着。

❽ 旋斫（zhuó）：现砍；旋，马上。生柴：刚从树上砍下来的湿柴。

❾ 任是：任凭是。最深处：一作“更深处”。

❿ 无计：没有办法。征徭：赋税和徭役。

释义

桑柘，二木名。此诗因用于世乱而作。首言遭兵戈之扰，则守居蓬茅陋舍。次言麻苎粗服，言其衣有不足之意；鬓发焦枯，言所食有不足之意。次联承上言，身既贫困，后遭暴虐。桑柘既废，犹纳赋税；田园既荒，尚迫征苗。第三联亦承上而言。由征纳之重，致贫益甚。野菜和根煮，则不足以充饥；生柴带叶

烧，则不足以充用。极言其无聊生[11]之处。虽极深山深处，亦无计以逃避征徭之扰也。

增和

萧条循迹因衡茅，兵乱时荒心益焦。
食歉儿童嗟岁窘[12]，租征田野叹无苗。
裙衫苎葛何供绩[13]，厨爨[14]荆薪旋采烧。
安得清平官府遇，政行薄赋与轻徭[15]。

⑪ 聊生：赖以维持生活（多用于否定）。

⑫ 歉：吃不饱。窘（jiǒng）：穷困。

⑬ 绩：把麻搓捻成线或绳。

⑭ 爨（cuàn）：炉灶。

⑮ 薄赋与轻徭：降低赋税，减轻徭役。